每個午夜都住著一個鬼故事の

見鬼了！是詭還是撞鬼？

原書名：地下來客—每個午夜都住著一個詭故事Ⅳ

童亮 著

寫在前面的話——

傳說人死之後化為鬼。

鬼者，歸也，其精氣歸於天，肉歸於地，血歸於水，脈歸於澤，聲歸於雷，動作歸於風，眼歸於日月，骨歸於木，筋歸於山，齒歸於石，油膏歸於露，毛髮歸於草，呼吸之氣化為亡靈而歸於幽冥之間（出於《道經》）。

可見，「鬼」這個字的初始意義，已經與我們現在所理解的相去甚遠了。這本書，講述的雖然是詭異故事，但實際上是想將這個字引回原有的意義上——一切有始，一切也有「歸」。好人好事，自有好報；惡人惡行，自有惡懲。

目錄

Contents

爺爺和我雖然知道了「女色鬼」以及「瑰道士」的怨結所在，但是，在經過村子裡一系列抓鬼之後，爺爺的身體卻在方術反噬的作用下日漸衰弱，而此時，「女色鬼」和「貴道士」的一場惡鬥一觸即發，在爺爺一籌莫展之時，卻發現了一個姥爹驚天動地的秘密……

死亡的氣息蔓延在村子的每個角落，恐慌無處不在。

爺爺一改往日的行事風格，破天荒地向一個隱匿在破落院子的神秘老叟尋求幫助，而他，又深藏著什麼樣的秘密？在他死後，又為何引發了一連串的詭異？到底是什麼召喚了在夜幕中緩緩前行的五個身影，又是什麼將復仇的雙眼暗中跟蹤著爺爺和我？一場簡單的置肇又為何落得了雄雞憑空死去的下場，又是怎樣的詭異讓一個普通的老婦承受著直不起的身軀？

……

這一切，到底是來自機緣巧合還是來自地下亡靈的詛咒？

第一次死亡

1

滴答，滴答，滴答。

宿舍裡鴉雀無聲。幾個人的目光都對著牆壁上的鐘錶。

三個指針終於疊在了一起。

住在午夜零點的詭異故事，一個個魚貫而出……

湖南同學道：「所有的情侶，上輩子都是冤家。今生能成為情侶相伴，一定是上輩子欠了誰，負了誰，才會把上輩子的情債延續，讓兩個人這輩子在一起償還上輩子欠下的。如果今生償還不了，兩個人就算是吵吵鬧鬧也會白頭到老；如果提前償還了所有的，那便是兩個人分開的時候了。」

我驚訝道：「這就是俗話中說的不是冤家不聚頭嗎？」

湖南同學微微點頭，繼續講述未完的鄉下離奇故事……

當選婆推開吱呀吱呀叫的門時，心裡怦怦怦地跳個不停。門果然是虛掩的。難道門內的女人真如他想像的那樣，盼著他進來？

當選婆跨進門的時候，忽然覺得腳怎麼也著不了地，好不容易踩在地上了還覺得地是軟綿綿的，如新彈的棉花。

女人從床上坐起來，兩眼癡癡地望著這個木頭木腦的男人，似含著些許憐惜，又含著點點埋怨。選婆轉頭看了一眼床上的女人，連忙將眼光瞥開，避免和女人那雙眼睛碰上。可是就是剛才的匆匆一瞥，女人白皙、發光的皮膚，還有斜挎凌亂的內衣盡收眼底，令他一時間有種眩暈的感覺。

一個趔趄，選婆的身體不受控制地完全闖入屋裡。

「嘻嘻。」女人禁不住笑出聲來，哀怨的眼神立刻變得溫柔可愛。她用一隻手捂住嘴巴，笑得花枝亂顫，如一棵被風吹亂的柳樹。

選婆尷尬不已，結結巴巴道：「我，我只是想要我的酒。」他指著八仙桌底下道：「酒，我的酒。我經常在晚上喝酒，我跟妳說過的。我倒一碗過去，我倒一碗就到堂屋去睡覺。妳睡妳的，妳睡妳的。」他一面說一面手心朝下搧動巴掌，似乎要隔空將女人按下去。

女人不搭理他的肢體語言，仍用含笑的眼睛看著面前笨拙的男人，看他笨手笨腳、慌裡慌張卻努力克制保持鎮定的樣子。他們兩人之間，正在進行一場暗中較勁的爭鬥，沒有聲音的爭鬥。

選婆像個小偷，弓著身子快步走到八仙桌旁邊。他抱住酒罐，輕輕一搖，罐裡的酒水「嘩啦嘩啦」地響。揭開塑膠紙後，他的手在酒罐口上探尋摸索，卻怎麼也找不到繫住封口的細繩。他心裡不斷告訴自己不要亂想，倒一碗酒就迅速離開這個充滿慾望的屋子，回到清冷理智的堂屋。

可是越這麼想，手就越是不聽指揮，在罐口上就更加慌亂。女人坐在床上看好戲，抿著嘴一聲不吭。

選婆的手一不小心卻勾住了封口上的細繩，將繩結一下拉開來。

「開了！」選婆欣喜得自言自語。他忘記了自己還沒有拿碗來接，就急忙將封口的紙揭開，將酒罐側傾。女人仍然靜坐在床上看著他的一舉一動。

聞到了酒香，選婆反而沒了剛才的緊張和慌亂。他將鼻子靠近罐口，先用鼻子享受一番，閉著眼睛，十分陶醉。浸了蛇的酒，果然連氣味都不一樣！

選婆正這樣想著，忽然一條白色的東西從酒罐中一躍而出。選婆發現了眼前的異常現象，可是由於頭靠得太近，躲閃已經來不及。他只聽見一陣水被帶起的聲音——嘩啦啦。

2

人在危險的時刻，腦袋的思維會比平常快出許多倍。我不知道當時的選婆都想到了什麼，不過我自己確實有過親身體會。有一次我不小心穿過馬路，被飛速而來的大貨車撞到。當龐大的車體向我衝過來時，躲避已經來不及。在這個明知無可挽回的情況下，人體的神經系統會反常地不做任何反應，癡呆呆地等著接下來的事情硬生生地發生。

這時，我的腦袋如一台沉睡多年的內燃機突然點火，呼呼呼地急速旋轉。從發現車子迎面而來到被車子碰著，整個過程時間還不及一秒，我卻想到了許多許多，想到了我平時根本沒有想過的事情。

在那不到一秒的時間裡，我已經在心裡祈禱了千百遍——祈禱貨車突然停下來，祈禱貨車跟我錯身而過。那時我明明知道要車子停下來已經不可能，卻仍在短暫得不能再短暫的時間裡苦苦哀求上蒼。

在接下來車子碰到我的膝蓋，將我整個身體掀起來，到我騰空而起又落到地面，摔起一層灰塵，我又想到了萬一這次我性命不保，我的父母，我的親戚，我的爺爺，還有我的老師和同學，都會怎樣為我哭泣哀悼。我想到我還太年輕，還有許多許多的事情沒有做，還有許多許多父母寄予的希望沒有實現，心裡陡然升起一些哀傷和絕望。

很具戲劇性的是，在落地驚起一層灰土之後，我發現我沒有像剛才想像的那樣死去，而僅僅是膝蓋被堅硬的車體擦傷而已。

有了這個發現之後，我欣喜非常，恐懼與痛苦的感覺轉瞬即逝。當時同路的還有我的表妹。我欣喜而迅速地爬起身來，回頭給了表妹一個異常開心的笑容。

表妹看見我的笑，驚呆了。

「你的堅強讓我震驚。」事後，表妹欽佩地看著我，用上牙緊緊咬住下唇。紅唇與牙相接之處出現毫無血色的白色。

我笑道：「不是我堅強，其實我害怕得要命。那個笑容是因為劫後餘生的慶幸，也是僥倖的笑。」

不論選婆當時是不是想了許多，但是他絕對沒有我這麼幸運。他看著白色的東西直直地朝他衝了過來。

是蛇。那條細而白的蛇。

但是牠的嘴巴居然張得比身子還大出好多倍！

床上的女人目擊了這一切。但是她沒有看清白色的東西是什麼。起初她還以為是一朵花，將蛇的細身錯看成了細莖，將蛇的大嘴錯看成了綻放的花朵。但是很快，她從選婆萬分驚恐的表情中察覺出了異樣。

但是她不確定發生了什麼。她雙手撐住床沿，向前傾身，伸長了脖子看，想看清楚那白色的東西到底是什麼。

只聽得選婆痛苦地叫了一聲，雙手捂住鼻子仰身倒下。女人一躍而起，如同一瓣離枝而落的梨花，飄忽著降落到選婆的身旁。如果選婆還是醒著的，肯定會被女人的動作驚嚇住。女人落地的時候如腳底長有肉團的貓一般，悄無聲息。

「喂，喂，你醒醒！」女人搖晃著選婆垂下的腦袋，輕聲而焦急地喊道。一道散發著血腥味的液體從選婆的鼻子與上嘴唇的中間流出來，滴到了女人擁抱著他的白皙的手臂上。選婆兩眼微閉，呼吸虛弱，手有氣無力地攤開著。

「你醒醒，你醒醒啊！」女人不甘心地搖晃他，愚笨地希望就以這樣簡單的方式將他喚醒。選婆的腦袋像掛藤的葫蘆一般被女人的手臂搖得團團轉，由垂下的狀態變成後仰的狀態，像我流鼻血時仰頭的樣子。

一條白色的曲線在地上蠕動，在暗色的夜裡十分明顯。牠沒有了剛剛被選婆挖出來時的那種光輝，也許是在酒裡面浸泡得太久了，現在的牠顯得非常虛弱。牠漫無目的地朝著沒有方向的方向扭動，避免再一次落入酒氣薰天的陶罐裡。

女人看了看地上的白色曲線，又看了看懷抱裡的選婆，猶豫不決。此時選婆咳嗽了一聲，說咳嗽其實是不準確的，因為那聲咳嗽卡在喉嚨裡沒有完全咳出來。這一聲沉悶好似嘆息的咳嗽，使女人的注意力重新轉移到選婆的身上來。她雙手托起選婆，直立起來。如果一般的女子，要想將選婆這樣的粗漢子抱起來是相當困難的，而這個女人不僅將他抱了起來，雙手還是平托的，彷彿手臂上躺著的不是一個五長八大的男人，而是一床輕而薄的被子。

選婆就像一床輕而薄的被子，軟塌塌地吊在女人的雙臂上。

女人走到床前，將他輕輕擱上了床。此時，那條白色的小蛇仍在漆黑一片的屋子裡尋找牠的逃生之路。

女人用柔嫩的手扒開選婆的眼皮，頭湊得很近去看他的眼珠，又捋起選婆的袖子，將兩根手指放在他的脈搏上細細觸摸。做過這一切之後，女人輕輕嘆了口氣。

她俯下身去，撅起了嘴巴，緩緩地向選婆的嘴巴靠近，再靠近……

而在同時，選婆和這個來歷詭異的女人都不知道，紅毛鬼的房間裡起了一陣陣不尋常的聲音。這聲音如吃飽睡熟的豬在豬欄裡哼哼一樣，躲不過耳朵靈敏的人，但是也不至於驚擾了已經睡熟人的夢。

唯有清冷的月光，跳過窗櫺，窺看著裡面的情形……

紅毛鬼如狗一般趴在瑰道士的腳前，虛弱地喘氣。瑰道士盤腿靜坐，雙目緊閉，神態安祥，一隻手緊緊掐住紅毛鬼的脖子，長長的略黑的指甲陷進紅毛鬼的皮肉裡。在指甲陷入皮肉的地方，有細若紅毛線的血絲流出。不過，血絲並不往下流，而是蜿蜒著順著瑰道士的手指流向手腕，流到手腕部位之後繼續順著手臂往更深處流動，直到隱入衣袖之中……

3

此時，月光也跳進了爺爺的房間，從兩個符咒之間的空隙中擠進身來，撲在爺爺的桌面上，而大部分卻被懸掛的黃色符咒擋住了。

當時的我，還在學校的宿舍裡，做著美麗的夢，夢中我跟我喜歡的那個女孩手牽手走在學校前面不遠的小河沿上。床底下的細微的聲音絲絲滲入我的夢，讓我在夢中都能聽見月季的聲音，也讓我清楚地知道自己只是在夢裡牽著她的手。我有意識地用力捏了捏女孩的手，看觸感是不是能證明我正捏著酥軟的被單，或者是我的左手牽著自己的右手。

或許選婆的想法跟我在夢裡的思想一樣，明明知道這是不可能實現的，卻仍要以身試法，彷彿只要將自己的手伸進夢裡，夢就會變成身臨其境的現實。

事後，我問選婆在被白蛇咬了之後有什麼感覺，腦袋是昏厥了，還是繼續思維著只是四肢麻木。選婆搖搖頭，說，他既沒有昏厥也沒有思維，而是做了一個夢，一個糊塗的夢。

我問他是什麼樣的夢。

他說，他在閉眼的瞬間，看見女人像被風捲起的風箏一樣，平著身子朝自己飛過來，抱住了他。然後……

然後怎麼了？我問。

他說，然後女人俯下身，吻了他的嘴，她用力地吮吸著他。他感覺有血從上唇出來，流入了女人的柔軟如棉的嘴裡。

女人終於顯露了原形，要吸他的血，在再三的引誘沒有得到效果的情況下，終於沒了耐心要將他置於死地！

他想掙扎，可是在與女人的嘴唇碰觸的瞬間，他感覺四肢腫痛，如同做了一天的辛苦工作那樣。手軟綿綿地抬不起來。

當時他確實這麼想的，以為女人真心要置他於死地，取他的精氣來對抗貴道士。那時的他還以為瑰道士是「貴」道士。如果他有爺爺的十分之一學識，就知道光從名字上聽就有些不對勁。不過整個村子裡又有幾個人像爺爺那樣呢？

吸血還不是最恐怖的，恐怖的是，那個女人在吸了一陣他的血之後，轉身走到牆的一個角落，拾起還在四處尋找逃避之所的小白蛇。

選婆的腦袋一直昏昏糊糊，以為自己一直在夢中。他直挺挺地躺在床上，眼睛很努力地斜視著手捏小白蛇的女人。他還幻想著，也許他現在還睡在堂屋裡的長板凳上，剛才敲門和倒酒都是躺在板凳上之後的夢。等到外面的雞打鳴，他一覺醒過來，女人還在他的房間好好睡覺，嘴角沒有血，八仙桌下的酒罐也沒有動過的痕跡，塑膠紙仍平靜地覆蓋在酒罐上，封口的細繩也一如既往。

可是，夢並不因為他的這些念想而停止。

他模模糊糊地看見女人將蛇頭塞進口裡。女人的嘴嚼動起來，臉部平淡得不能再平淡，彷彿是一個普通的早晨一個普通的婦人吃一頓普通的早餐。

蛇血從女人的嘴角蜿蜒流出，彷彿是另外一條紅色的蛇，或者說是蛇的靈魂。女人似乎吃得很香，一副很享受的樣子。蛇的尾巴還在她的嘴巴外面掙扎旋轉，痛苦不堪。女人用手捏住蛇的尾巴往嘴裡送，最後一口包住蛇咀嚼起來，更多蛇血從嘴角流出來。女人用手擦了擦嘴角，將半邊臉抹成了紅色。

選婆躺在床頭，動彈不得，眼睜睜看著半邊臉染上蛇血的女人返身過來，逐步靠近床。雖然他還以為在夢中，卻也害怕得顫慄，平放在床上的手指不由自主地作勢要抓住床單，可是手指已經脫離了他的大腦指揮。

女人伸出舌尖，舔了舔嘴邊的血跡，伏在了選婆的身邊，用身體磨蹭他的身體，臉上露出一個滿足的笑。選婆不知道女人的笑是對已經下肚的蛇發出的，還是對任由她擺佈的他發出的。總之，那個滿足的笑容讓選婆渾身不自在。

女人將選婆的頭扳向自己。選婆的眼睛近距離地對視著這個猙獰的女人，濃烈的蛇腥味鑽進他的鼻孔。女人此時的眼睛柔情似水，曖昧萬分，甚至帶著幾分嫵媚。這是選婆未曾料到的。

他以為女人此時要嘛用兇狠的眼神，要嘛用飢渴的眼神，要嘛用不屑的眼神看著他。因為此時的他與那條小白蛇沒有任何區別，可以被她玩弄於股掌之間，而他毫無反抗之力。

他以為女人接下來會繼續吸他的血，直到他的血液枯竭為止。可是一切又在選婆的意料之外，女人雖然又吻住了他的嘴，卻不再吮吸，而是異常溫熱地舔弄。溫熱而濕潤的舌頭在他的唇與齒之間徘徊往返。

她的一隻手輕輕握住他的手腕，示意他不要害怕，不要緊張。另一隻手漸漸移到他的胸膛輕輕撫弄。

選婆仍不敢看她的眼睛，繞過她的頭頂去看窗戶。月亮剛好在窗的一角，黯淡無神。

這是夢。他告訴自己。

或許是因為這樣一想，或許是因為女人的手的示意，他居然漸漸神經舒緩下來，任憑事情進展。

神經舒緩的他不再關注面前溫熱的女人，卻再次想起了以前的那個眼睛水靈靈的姑娘，想起了那晚的月亮、雜草和樹，不免心底升起一陣莫名其妙的情愫。腦海裡一浮現水靈靈的眼睛，他便從身體裡不可遏止地升騰起一種衝動！

他的呼吸變得急促起來。由於他的身體仍然很虛弱，所以呼吸的頻率仍然不算高。但是女人感覺到了他的變化，一隻手更加用力地捏他的手腕，以示心有靈犀和鼓勵。

說也奇怪，選婆經她這樣一鼓勵，手腳竟然有了微許的反應，整個神經系統如春季的蛇漸漸甦醒。這一動不要緊，這條春季的蛇在初醒時立刻便渾身充滿了力量！

4

一個盤古開天闢地般渾渾噩噩卻又驚心動魄的夜……

接下來是特別寧靜的睡眠。兩個人相擁著，享受著沒有夢的安祥的睡眠。

然後是懶洋洋的陽光透過窗戶，直直地落在那張八仙桌上。原來看不見的灰塵顆粒，此時活躍在直線射進的陽光裡。選婆睜開了眼，然後是睡在他臂彎裡的女人。他們一起看著陽光裡活躍的灰塵顆粒，聽著彼此的呼吸。

最終是選婆先開了口：「妳為什麼喜歡那首古詩？」

「嗯？」女人可能是太專注於那些活力旺盛的灰塵，沒有聽清選婆說的什麼。

「我說，妳為什麼喜歡《詩經》裡面那首古詩《召南．野有死麕》？」選婆重複了一遍，低下頭來看女人的臉。女人的皮膚很好，還透著一股芬香，令他懶懶的一動也不想動。他知道現在問這樣的問題會掃興，但是他還是忍不住。其實在瑰道士告訴他要在路上唸這首詩的時候，他就知道這首詩跟這個女人，不，女色鬼，有著說不清的關係。

「為什麼問這個？」女人抬起眼皮來看他。兩人的目光對視著，流淌著一種溫柔，也流淌著一種審視。他審視著女人，女人也審視著他。

「我想知道。」選婆老老實實地回答。他的心思像陽光裡的灰塵顆粒一樣，不再在陰暗的角落隱瞞任何東西。選婆的手被女人的腦袋壓得疼痛，輕輕地挪動了手臂。

女人乾脆把腦袋從選婆的手臂上移到枕頭上來，她把目光轉移到跳躍的灰塵顆粒上，幽幽地說：「你真的感興趣？你對我的過去感興趣嗎？」

「我不是感興趣，我也不是好奇。我只是想明白一些事情。」選婆有些失落地將空蕩蕩的手臂放在原地，不知道該收回到身邊還是應該繼續伸向女人。

「哎……」女人長長地嘆了口氣，雙手挽在胸前。

女人的這一聲嘆息，使選婆的心變得冰涼冰涼，甚至覺得他和女人之間的距離驟然變得疏遠，似乎昨晚的一切不過是一場臆想的夢，早晨的陽光照進來，昨晚的一切便如同夜一樣消失了。

選婆嚥下一口口水，喉結上下滾動，有些哽咽地說：「如果妳不願回憶，就不要說了吧！對不起，我不是有意的……」

女人倒露出一個笑容，很大方地說：「沒有關係。既然你想知道，那我就都告訴你吧！」

選婆看不出女人的大方是真心的還是假意，心裡似堵住了一般難受。他看著陽光中跳躍的灰塵，忽然覺得空氣不好，呼吸起來有一種黏稠的感覺。

「野有死麕，白茅包之。有女懷春，起士誘之。林有樸樕，野有死鹿。白茅純束，有女如玉。舒而脫脫兮！無感我帨兮！無使尨也吠。」女人緩緩地、很有感情地將這首古詩吟誦了一遍，眼角流出了一顆晶瑩的淚珠。

「多麼美的古詩。」女人眨了一下眼睛，一連串斷了線的珠子從她臉上滾落。「如果是一個品行好的君子對自己喜歡的女人唸出這首詩，很容易就釀成了一段好姻緣。如果是一個狡猾的狐狸垂涎三尺地對一個女人唸出這首詩，而那個女人不知道對方是一隻狐狸，就很容易造成一段悲傷的故事。」

「這話怎麼說？」選婆不解道，「怎麼一會兒君子一會兒狐狸的？」

「我給你講個故事，你要不要聽？」女人忽閃著眼睛，問道。

選婆說，當時他心裡犯嘀咕了，怎麼瑰道士和這個女人都喜歡給人講故事呢？

「什麼故事？」選婆不知道這首古詩的背後還有什麼隱藏的故事，他也沒有什麼興趣聽雜七雜八的故事。他只希望女人長話短說，直接告訴他為什麼那首古詩可以引起她的興趣，他只想知道為什麼瑰道士要他用這首古詩引起女色鬼的注意。

「你是不是不想聽？」女人的語氣裡故意流露出誇張的失望，而後故意長長地嘆了一口氣，氣吹到了選婆的臉上，癢癢的。

選婆忍不住撓了撓臉，說：「妳講吧！我聽就是了。」話雖這麼說，但他的注意力還集中在陽光裡的灰塵顆粒上。可是女人講著講著，選婆的注意力就不由自主地轉移到她的故事上來。因為女人的故事跟瑰道士的故事太相像了，如果說裡面的一個是另一個的杜撰的話，那麼杜撰的那個人也太厲害了，居然將原來的故事裡的主要情節偷樑換柱，並且手腳做得很到位，神不知鬼不覺。

選婆的眼睛專注在灰塵顆粒中，腦袋游離於女人的故事之外。女人也專注於跳躍的灰塵中，思想卻沉浸在不堪回首的記憶之中。

那段記憶，彷彿一本很久沒有翻過的書，在時間的遺忘中被塵土細心地舖上了薄薄的一層，藏在女人的腦海深處。有很多事情，人有意地去忘卻，用新的生活、新的風景、新的環境。可是多少年後，一次偶然的碰觸，會將所有自以為忘記的回憶清清楚楚、完完整整地拉扯出來。那時的疼痛如同一條剛剛癒合的結疤突然被生硬地揭開，痛得渾身發顫。

女人就是用著顫抖不停的嘴唇，用著極度壓抑的聲音，將她的故事講述給身邊的男人聽的。選婆看著跳躍的灰塵，看著看著，不自覺眼淚也掉了下來，落在橫放的手臂上，涼颼颼的。

事後，選婆用女人同樣的心情給我講起了這個悲傷的故事，這個被傷害的愛情故事。我聽了兩個孿生一樣的故事，卻有著大相徑庭的感受。聽完之後，我不得不佩服瑰道士的精明，他比一隻狐狸還要精明。

5

故事還是瑰道士第一次出現在眾人眼中時講的那個故事，一個千金小姐和一個窮秀才一見鍾情的愛情故事。不過那晚偷偷鑽入小姐被窩的，不是借錢的窮秀才。

「那是誰？誰這麼大的膽子？」我驚問道。

「一隻狐狸。」選婆說，咬牙切齒。

「一隻狐狸？」我更加驚訝了。狐狸怎麼會鑽到小姐的被子裡去？小姐又怎麼會讓一隻散發著狐臊味的動物與她同枕共眠？「羅敷小姐怎麼可能和一隻狐狸睡覺呢？難道她連人和狐狸都分不清嗎？」

選婆苦笑道：「她那晚當真就沒有分清楚。」

我看著還婆扭曲的笑，知道他不是逗我玩的。

「當然了，這隻狐狸不是以狐狸的形態進入小姐房間的，而是假扮成窮秀才的模樣。羅敷小姐當晚正要睡下的時候，聽到了一陣急躁的敲門聲。她打開門來，看見了一臉細密的汗水的窮秀才，就沒有提高警覺。」

接下來的故事很簡單了。郎有情妾有意，一切順理成章。

第二天早晨，小姐醒來，旁邊的情郎不知什麼時候走了，她卻在床單上發現了幾根狐狸毛。羅敷隱隱記得，昨晚打開門的時候聞到了一點點不容易引起警覺的香氣，類似煮熟的肉發出的香氣。當時她沒有怎麼注意，只以為是廚房那個好吃的廚師又給他自己開小灶了。那個廚子經常這樣，小姐的丫鬟倒是經常說起，但她卻懶得管這些雞毛蒜皮的事。何況見到窮秀才半夜來訪，心慌慌的，也沒有心情去注意這些小事。

可是事情就出在這若有若無的香氣上。小姐雖不熟讀四書五經，卻也是家教甚嚴，做人的道理還是懂得些許的，知道沒有明媒正娶是不能和男人同眠的。

香氣一進入她的鼻子，她就將這些禮數忘得乾乾淨淨了。

激情過後的羅敷小姐突然清醒過來，她望著床上的狐狸毛，知道這件事情不僅僅是失節丟人這麼簡單。心慌慌的她連忙找來丫鬟商量。可是在這個家庭中沒有地位的小小丫鬟能幫上她什麼忙呢？丫鬟聽說之後，轉身就告訴了夫人，夫人又立即轉告給老爺。

老爺是生意場上的能手，見過世面，知道這件事情非比尋常。他猜想是狐狸精作祟，可是，狐狸精怎麼就不變成別人的形狀，偏偏變成窮秀才的模樣呢？

原來事情是這樣的。正如瑰道士之前講的那個故事一樣，窮秀才那天來到羅敷家借銀兩，未料在跟管家進帳房的時候和羅敷撞了個滿懷。秀才呆呆地立在原地看著滿臉緋紅的羅敷，神遊太虛。

其實講到這裡的時候，瑰道士就出了一個漏洞，但是細節被大家忽略了。那就是，瑰道士講的時候，說秀才和姑娘撞了滿懷，碎銀子撒了一地。可是秀才進帳房之前手裡怎麼會有銀子？撒謊的人注重別人相信他的故事大概時，往往在細節方面捉襟見肘，露出馬腳。可惜當時人們被瑰道士的突然出現和他的怪異打扮嚇住了，沒有細膩地注意到這些小漏洞。

羅敷被窮秀才這樣一看，害羞得不得了。當時的羅敷還是不諳世事的小姑娘，沒有現在這麼風騷放蕩。見了生面的男子難免羞澀不已。可是做慣了粗活兒的丫鬟不管這個小女子的心思，大聲對窮秀才喝道：「快滾進去拿你的銀子吧！」

秀才也是羞澀難當，他的羞澀卻與羅敷的羞澀不同。羅敷的羞澀是情竇初開的羞澀，窮秀才的羞澀卻是經濟與地位的羞澀，是想吃天鵝肉的癩蛤蟆的羞澀。一時之間，窮秀才想起了淳樸的古代社會，男人與女人之間以野草、獵物、石頭互表愛心的時代。而現在的社會男婚女嫁卻要白馬花轎、金銀珠寶。於是，窮秀才想起了《詩經》中的《召南．野有死麕》，無意識地兀自將這首古詩輕輕吟誦出來。

羅敷表面不搭理這個寒酸的窮秀才，心裡卻將他的容貌記了下來。同時記住的，還有這首《召南．野有死麕》。

窮秀才借得銀子之後，心情抑鬱非常，坐在家裡悶悶不樂。傍晚的時候，一位朋友前來造訪。這位朋友跟秀才相識已經兩三年了。窮秀才經常跟這位朋友討論詩書，相交甚好。但是窮秀才不知道他來自哪裡，偶爾問過幾次，那朋友卻總是敷衍過去。

窮秀才本來就是孤家寡人一個，平日裡也少與人交往，難得有一個可以訴說的人，還可以談論詩書，那是再好不過的了，所以也不願意死死追問為難這位朋友。

這個寂寥的晚上，朋友提來了一葫蘆的白燒酒，要與窮秀才一起暢飲。窮秀才剛好借酒消愁，一下子喝了個酩酊大醉。秀才一喝醉，就嗚嗚地哭起來。這位朋友就問秀才怎麼了。秀才就一邊哭一邊將自己的心思說了出來。他對羅敷小姐一見鍾情，卻苦於自己沒有銀兩，沒有功名，沒有地位，高枝不可攀。

窮秀才說完就呼呼地睡著了，次日也便照常讀書寫字。

但是他的那個朋友卻將秀才的話記在心裡。他將窮秀才身上的外衣脫下，安置他睡下，然後自己穿起了秀才皺皺的衣服。趁著夜色，秀才的朋友爬進了羅敷的家，並且敲開了羅敷的閨門。在羅敷開門的瞬間，他輕輕悄悄將一種特殊的催情藥粉末抖落，一種奇異的香氣就在房間裡飄揚開來。羅敷嗅到了香氣，頓時意亂情迷。

6

「你知道嗎？」羅敷雙頰潮紅地說，「我特別喜歡你離開時吟誦的那首古詩。」

「古詩？什麼古詩？」穿著窮秀才衣服的朋友驚愕道。窮秀才跟他談論了癡情和苦楚，卻未曾說起還有一首古詩。

羅敷盯著瞠目結舌的「窮秀才」，期盼著他將那首令她著迷的古詩再吟誦一遍。可是等了半天，對面的人張著嘴巴卻沒有發出聲來。

就在這節骨眼上，羅敷卻以為「窮秀才」是一時緊張忘記了，便提醒道：「就是那首，野有死麕，白茅包之。有女懷春，起士誘之。……」

羅敷說完第一句的時候，這個人還沒有反應過來。當她說到第二句的時候，他突然記起窮秀才曾經給他講過這首詩。這人記憶力相當好，於是假裝尷尬地笑道：「妳原來是說這首古詩哦，我讀的四書五經，知道的詩多著，一時不知道妳提到的是哪首呢。不過這首我也最喜歡了。」接著他把羅敷後面沒說的句子都說了出來：「林有樸樕，野有死鹿。白茅純束，有女如玉。舒而脫脫兮！無感我帨兮！無使尨也吠。」

羅敷含情脈脈地看著面前的男人，以陶醉的姿態聽他將這首《召南．野有死麕》背誦完。這個男人非常精明，背誦的時候故作高雅，拂袖揚眉，裝得風度翩翩。當時涉世未深的羅敷哪裡知道這些庸俗的騙人伎倆？一下子就被面前的男人迷住了，眼睛裡更是透露出迷離。

男人見魚兒已經上鉤，便不由分說，將羅敷扶到床邊。羅敷稍稍猶豫了一下，又有一絲淡淡的香氣飄入鼻孔，她便主動躺倒在紅羅帳之中……

次日的早晨，羅敷本來是含著美麗而溫柔的夢醒過來的，夢裡都是才子佳人的美好故事，不分富窮，不分尊卑，都是牛郎織女、郎才女貌的故事。

可是哪裡料到，睜開眼來竟然只在床邊發現幾根狐狸毛！

她慌忙告訴丫鬟，丫鬟又告訴夫人，夫人又告訴老爺。老爺便叫夫人先不要聲張報官，他設計一個圈套，想捉住這個使他女兒失去貞操的窮秀才，不管這個秀才到底是人還是狐狸。

老爺相信，窮秀才他有這個色膽，晚上一定還會來，於是帶了幾個家丁躲在女兒的房子左右，專候窮秀才再次到來。

未料那個穿了窮秀才衣服的朋友，跟羅敷小姐一番風雲顛倒之後，趁著小姐睡著頂著夜色又回到了窮秀才的家裡。他將衣服脫下來又穿回到了秀才身上。聰明的他還模仿羅敷的筆跡給窮秀才留了一張字條，說是要他今晚去她的閨房幽會。然後，他挨著窮秀才躺下。

窮秀才第二天一早醒來，正要讀他的聖賢書，忽然發現桌上有一張字跡娟秀的紙條，拿起來一看，落款居然是羅敷！他再仔細一看內容，居然是要他今晚去幽會！他抬起手指咬了一口，不是作夢！

細細一想，昨晚他沒有看到任何人來他家裡送紙條啊！低頭一看，他的朋友還醉臥在床上，臉上帶著愜意的笑。

窮秀才急忙把朋友搖醒，問道：「你昨晚是不是在我後面睡的？是不是有人來給我送信了？」窮秀才的手裡揚著紙條。

他的朋友故意用力揉了揉眼皮，緩緩答道：「是啊！你酒量也太小了！還沒等我喝盡興就先倒下了。真是不夠朋友！」說完還佯裝打了一個呵欠。

「是誰？」窮秀才有些結巴了，興奮使他口舌有些不聽使，「是，是誰把這張……這張紙條送到我這裡來的？」

「嗯？」他的朋友抬起手來遮擋射到他臉上的陽光，他眯著眼睛看了看窮秀才伸過來的紙條，說：「是一個女的，對，一個女的。我也不認識那個女的，她把紙條匆匆往我手裡一塞，說了是給你這個秀才的，不等我問，她便走了。」

「是不是這麼高、頭髮這麼長的一個女的？」窮秀才用手比畫著高度和長度，心裡想著是羅敷的丫鬟。他知道羅敷是不可能自己來送這張紙條的。他的心臟怦怦地跳著，已經跳到嗓子眼來了，生怕聽到朋友的否定。

他的朋友盯著他，似乎在回想昨晚一個女子來送信的情景。窮秀才也盯著他的朋友，兩隻眼睛發出光來。

「呃，好像是這樣高、頭髮這樣長的女子。我當時也喝得有些醉了，眼睛看得不太清楚了。」他的朋友繼續說著謊言。而窮秀才將他的謊言當成了自己的希望，堅信不疑。

「她怎麼會喜歡上我呢？」窮秀才的興奮勁有些消退，「她是喜歡上我了嗎？」

「我猜是的吧，如果不喜歡你，怎麼會把紙條送到這裡來呢？」他的朋友說，「你也是讀書人，西廂記什麼的愛情故事也知道的。這男人與女人之間呀，說不清楚，說不定什麼時候就突然喜歡上一個人了。」

「那是那是。」窮秀才的興奮勁又被他的朋友鼓動起來，摩拳擦掌，恨不得馬上到天黑，好去跟心愛的人幽會。「我昨天去她家借錢，剛好和她撞上了。我當時失態，居然吟誦了一首《召南・野有死麕》。真是唐突了。」

「說不定她就喜歡你背誦的這首詩呢！」他的朋友立即解釋道，說完立即打了一個噴嚏。他的朋友抹了抹鼻子裡流出來的清涕，說：「昨晚怕是沾了露水著涼了。」

「沾了露水？」窮秀才迷惑道。

他的朋友自覺失言，立即彌補道：「我是說喝多了酒水。」然後討好似的對窮秀才笑笑，又說：「喝多了酒水，睡覺的時候太死，怕是掉了被子著涼了。」

7

「噢。」窮秀才把眼光從朋友身上收回，轉而關注紙條，「羅敷的字還真是娟秀呢。今晚肯定是個好夜晚。」說完自己滿意地笑了，彷彿此刻已經將絕美的羅敷攬在懷中。

當天晚上，窮秀才早早吃了晚飯。屁股離開了椅子千百次又坐回來，他是要看月亮出來沒有，夜色夠不夠。

終於耐著性子等到萬家燈火，又耐著性子等到萬家燈火都滅了，窮秀才這才輕輕拉上家門，向著羅敷家的方向走了。他的朋友在他離開之後，現出了狐狸原形，將秀才家裡能咬的都咬壞了，能撕的都撕破了。

窮秀才家裡又有多少東西夠這隻狐狸折騰呢？無非是些瓶瓶罐罐、破碗破床。說到這隻狐狸為何故意報復窮秀才，卻是因為一件不起眼的事情。

一次，窮秀才遠出回來，發現家裡有一隻狐狸正在碗櫃裡偷豬油吃。那時農村人相信，狐狸和蛇一樣，是有很強的報復心的。如果小孩子第一次上山砍柴，大人一定會囑咐：見了狐狸或者蛇，要嘛別碰牠，要嘛就打死牠。萬一碰了牠還讓牠逃走了，牠就會永遠糾纏你、騷擾你。

我家隔壁有個伯伯專喜捉蛇，一生捉蛇不下千餘條，簡直捉上了癮。有次他挑著柴木擔子經過一個山坡，看見一個碗口大的蛇洞外面露出一截蛇尾巴，那尾巴就有拳頭大小。眼看著這條巨大的蛇就要進洞了，這位膽大的伯伯立刻丟下柴木擔子，張開雙手撲了過去，一把抓住了蛇尾，拉住蛇尾就往外拖。

那蛇在洞裡知道有人抓住尾巴了，拼了命地往蛇洞裡鑽。

這位伯伯講起他的驚險經歷的時候說，蛇的報復心和狐狸一樣重，他必須把蛇拽出來，不然自己的生命就會時時刻刻受到威脅。

一個人，一條蛇，就在這個小山坡上僵持了整整一天。後來這位伯伯實在是筋疲力盡了，雙手略有鬆勁，蛇便「嗖」的一聲逃進了洞裡。

後來的五年裡，這條蛇不斷地來騷擾他、恐嚇他，連帶住在隔壁的我們家也人心惶惶。那五年裡，這位伯伯都不敢養豬、養雞。經常晚上聽到豬或者雞的嚎叫，等人出來，便只見豬或者雞身下一片血泊。

那條蛇也曾尾巴纏著房樑，腦袋從房樑上吊下來，作勢要咬他。幸虧他與蛇打交道多年，嗅覺對蛇的氣味很靈敏，及時醒來打退了蛇的進攻。

在這五年裡，他也尋著這條蛇的蹤跡。他們相互都想將對方置於死地，卻都不能得手。

那段時間的他，由於過度的緊張和長久的失眠，人瘦得只剩幾根骨頭，兩隻眼睛充滿了血絲。

後來爺爺知道了這事，吩咐他穿了非常厚的棉衣，又將一塊豬皮披在身上，然後故意引出蛇來。蛇在他的身上咬了一口，並釋放了將近一湯碗的毒液。他熟知人被蛇毒注射後的反應，假裝手腳抽搐，然後翻了白眼。

從此，那蛇再也沒有來他家了。他卻死性不改，仍舊見蛇就捉。

就我個人來說，狐狸沒有親眼見過，蛇倒是經常見到。由於環境的原因，在我父親那一輩狐狸便消失在人們的視野裡了。只有爺爺在年輕的時候還見過真正的狐狸。等到我長到現在這麼大的年齡，蛇也幾乎見不著了。

有時候我就想，是不是爺爺這樣的人也會隨著時間的推移慢慢變少直至消失？

說遠了，轉移到正題上來。窮秀才也許是父母雙亡得早，沒有人教育這些。也許是他握慣了筆桿的手力氣太小，拿起一根棍子對著狐狸猛抽了二、三十下，打得狐狸鮮血淋漓卻還是讓狐狸逃走了。

窮秀才本來也沒有起殺心，主要是那點豬油對窮酸的他來說異常珍貴，如果豬油被偷吃了，他沒有多餘的銀兩買新鮮的豬肥肉來煎油。在狐狸逃竄的時候，他沒有死死追逐猛打，卻一頭撲進碗櫃裡看豬油還剩了多少，是不是還夠今晚的飯菜。

那隻狐狸懷恨在心，化作人形來跟寂寥的秀才交往，暗地裡尋找機會報復。窮秀才家貧如洗，沒有妻女。狐狸沒有偷的，沒有搶的，沒有害的，沒有報復的地方可尋。這隻狐狸居然就等了兩三年，終於讓牠逮著一次機會。而僅僅這一次，就要了窮秀才的命。

我想，如果窮秀才當時遇到爺爺這樣的人，而且那樣的人也願意給窮秀才指點，也許他也穿件厚棉衣披個豬皮，讓狐狸咬個千瘡百孔，或許狐狸便不再耿耿於懷了。

這個運氣不佳的窮秀才偷偷翻進了羅家的院子，又偷偷溜進了羅敷的閨房。還沒有看見羅敷的玉容，便聽見背後的關門聲。接著便是劈頭蓋臉的一頓毒打。

「他是狐狸變形的，給我打！」羅敷的父親對著家丁大聲叫喊道。

窮秀才感覺到背後無數條棒棍抽了過來，忙抱了頭叫饒。

羅敷的父親哪裡肯聽，鬍子早氣得翹了起來，指手畫腳喊：「打死他，打死他！出了人命我負責。給我打！打到他現出狐狸的原形來為止！」

家丁們有了老爺的這句話，便下得了苦手，棍棒如雨點般落到秀才的腿上、背上、肩上、頭上。平日只知吟詩作對、手無縛雞之力的秀才哪裡承受得住這般毒打，只覺胃裡一股東西翻騰，湧到口裡來。他忍不住張開嘴「哇」的一聲噴出來。

一隻血紅的蝴蝶便從他口中飛出，落到了對面的立柱上。

8

窮秀才口中鮮血一吐，人便像砍倒的樹一樣摔在地上。這一摔倒，便二十多年沒有起來。

羅敷的父親本來是要看著窮秀才死後變成一隻夾著掃帚尾巴的狐狸的，可是他和幾個家丁瞪大了眼珠子等到眼皮發沉，窮秀才還是窮秀才，沒有如他們的願變成散發著臊味的狐狸。

羅敷的父親心慌了，這下倒好，弄出了一場人命官司。奸商奸商，奸不離商，商不離奸，羅敷的父親經商多年的頭腦立即生效，冷靜地叫家丁將窮秀才的屍體埋在樓的夾層裡，省得抬出去毀屍被別人看見。

一不做，二不休，家丁將小姐的樓層撬開，將窮秀才的屍體放入。可憐的窮秀才瘦不拉嘰，很輕易就被塞入狹窄的夾層之內。

小姐羅敷在一旁哭得淚人似的，一是由於天災人命的驚嚇，二是對窮秀才還是有好感。要怪只怪那隻狐狸壞了她的一個好姻緣。她從梳粧檯的盒子裡拿出珍愛多年的一個銀幣，含著淚塞入窮秀才肋骨排排的胸前，然後抬起窮秀才冰冷的手護住那塊銀幣。

羅敷的父親並不阻擋女兒的動作，畢竟他殺錯了人，心裡也有愧。

很快，羅敷的父親在其他地方買了一棟新樓，把女兒和一家人都搬了過去，這個藏了屍體的繡花樓便被荒棄了。人的腳一離開，草便見風就長，長到了人的半腰高。

未料小姐羅敷離開原來的繡花樓後，卻有了妊娠的反應，經常吃飯吃著吃著就要作嘔。她懷上孩子了。

羅敷的父母慌了手腳，秘密請人買來了墮胎藥給羅敷喝下。他們都知道，小姐肚裡的是狐狸的崽子，可不能讓這騷崽子生下來。

可是墮胎藥喝了十來服，碎瓷片也喝了一次，但是除了羅敷喝一次肚子瀉一次之外，卻沒有任何其他反應。一次碎瓷片差點要了她的命。羅敷的肚子越來越大。除了掐死自己的女兒，老爺和夫人都沒有辦法了，但是誰又對自己的女兒下得了狠手呢？倒是羅敷經常鬧著要上吊，老爺和夫人天天派人二十四小時不眨眼皮地守著，生怕屋裡多了一個吊死鬼。

在吵吵鬧鬧、哭哭啼啼聲中，一聲尖銳的「哇——」的啼哭驚碎了羅敷房間裡的一隻金魚玻璃缸。孩子誕生了。玻璃缸裡的金魚被碎玻璃劃傷，在地上有氣無力地擺動尾巴，嘴巴張成圓圓的「○」形，拼命地呼吸。

孩子是在被子裡生下的，在羅敷不經意的情況下生的。

老爺聽到嬰兒的啼哭，立即趕到小姐的房間。這時，伶俐的丫鬟已經用棉布將孩子包裹起來，遞給了慌忙趕到的老爺。老爺接過孩子，未來得及看一下，舉起手便要將孩子摔死。丫鬟慌忙跪在地下，死死抱住老爺的腳，大喊道：「老爺，您先看看孩子，您先看看孩子。不是狐狸崽！」

老爺半信半疑揭開棉布，看到一個閉眼酣睡的小孩。身上沒有狐狸毛，也沒有狐狸鼻子、狐狸牙齒。

就這樣，這個小孩僥倖存活了下來。

不過到了十二歲之後，他的耳朵漸漸變形，長得尖而長，恰似狐狸的耳朵。身上的毛也茂盛起來。最要命的是，他有一股濃烈的狐臭味。路上相遇者紛紛掩鼻逃避。他見別人都有父親，而自己自從出生以來未見過父親，便詢問羅敷。

羅敷此時已經是三十多歲了，相貌卻比年輕時更為漂亮。很多男人都對她垂涎三尺，蠢蠢欲動。可是羅敷都決絕地拒絕了。於是，有些人就把陳年舊事搬了出來，說羅敷跟狐狸採陽補陰，才能保持青春不老。

世上沒有不透風的牆，雖然窮秀才當年被掩藏在繡花樓的夾層裡，但是家丁的口未必嚴實得如雞蛋的殼。同樣，這個漸漸長大的孩子不可能聽不到人家的一點流言蜚語，心裡更是生了疑惑，只是年齡還小，不敢質問母親此事的真假。

這個孩子雖然長相讓人不敢恭維，讀書卻是出奇的好。聰明好學的他在二十多歲的時候一舉中榜，當上了光耀門楣的大官。

可是朝廷上很多人對他不滿，說他是狐狸的子孫，不應該當人民的父母官。如果讓他當官，豈不是人們都成了狐子狐孫？由此，他在仕途上舉步維艱，終日鬱鬱不得志。他將這所有的煩惱都歸咎在母親的身上。也是因為這樣，他比任何時候更想弄清楚自己的身世之謎。

於是，他終於向他的母親開口詢問多年的迷惑。

羅敷哪裡敢告訴他是狐狸的崽子！忠量了許久，最後決定繼續隱瞞事實的真相，不過為了給兒子一個有力度的證據，羅敷改口說窮秀才是他的父親，當年是他的外公失手將窮秀才打死。為了讓外公避免牢獄之災，他們一家只好對此事守口如瓶。羅敷心想，老爺和秀才都已經死了，死無對證。就是追究當年誤傷人命的事來，老爺也已經在墳墓裡了，不能再上公堂。

不用說，羅敷的兒子不會輕易相信母親的話，除非有實在的證據。

羅敷便帶著兒子回到荒廢多年的老樓裡，當著兒子的面揭開了樓的夾層。

後面發生的事正如瑰道士說的那樣，胸口護著一塊銀幣的窮秀才居然復活了！但是瑰道士將他們的對話篡改了。

女人給選婆講到這裡的時候，眼淚簌簌地往下掉：「我怎麼會料到秀才他復活過來！」

選婆雖然在瑰道士那裡聽過一遍，可是女人講到秀才復活的時候仍是心中一驚。他的驚不是怕，而是想：山爹在養生地復活變成了紅毛鬼已屬不易，窮秀才卻能原模原樣復活。是什麼力量促使他以這樣的形態復活過來？難道有比養生地更神奇的地方嗎？

9

只要不是傻瓜或者是瞌睡蟲在半途打瞌睡了，在選婆講到那個使窮秀才復活的銀幣的時候，自然而然想到我送給我心愛的她的那塊銀幣。

當然，我也想到了。不過我不知道這是不是一塊銀幣，或者是不同的兩塊銀幣。難道我送給她銀幣後所做的夢是要給我一個預示嗎？

我的思緒飄遠了，選婆的故事卻還在繼續。

選婆說，羅敷試圖說服兒子，面前身著破衣裳、面露菜色的人就是他的親生父親。復活過來的窮秀才一口否認。

羅敷掀開樓層夾板後指著屍體說話的時候，怎麼也沒有料到「死無對證」的屍體居然會開口反駁她。

驚恐無須贅言，羅敷在那一刻是驚恐到了極點。她的第一個想法就是帶著兒子飛奔出這個給了她生命又毀了她一生的繡花樓。她在這棟樓裡出生，又在這棟樓裡失身，侵佔她的居然還是一隻狐狸！從搬出這裡開始，她便不願再看見這裡的一切，想都不願意想。然而，兒子身上的狐臭味時時提醒著她的痛苦過去，令那段難堪的回憶不時從心底翻騰上來。

她還記得那個和尚給她的一塊銀幣，說一定要等到什麼時候才能遇到自己的姻緣。

當想起多年前那個和尚的話時，她突然明白。

羅敷冷靜地轉過身來，看著瘦骨嶙峋、顴骨凸出的窮秀才，冥冥之中感覺到，和尚預言的男人應該就是他了。

再看看兒子的反應，居然不是害怕，而是用特別仇恨的眼光看著這個瘦成一把骨頭的「父親」。面前的「父親」如一隻剛剛躲過大雪掩埋，剛從冬眠中醒過來的青蛙，幾根骨頭撐起一片薄薄的青皮，形同葬禮上即將焚燒的紙人，彷彿一把火就可以把他點燃。

羅敷不能理解兒子的眼光，那不是常人應該有的反應。

而我卻可以理解。爺爺說過，我們常人作夢，往往是先人經歷過的東西。人要在複雜的環境中生存下來，僅僅靠自己一步一步的學習是很難應付變化的環境的。而夢可以教我們看似「與生俱來」的東西，比如恐懼、高興。說到底，夢的根源就是遺傳，是先人經驗性意識作用在我們身上的結果。

這也是為什麼很多人信奉「先人保佑」的原因。有時遇到突發的危險，先人在我們身體裡的遺傳經驗可以使我們做出我們自己也想不到的舉動，藉以躲避危險。

所以，當羅敷的官兒子初次見到復活的窮秀才時，不但沒有常人的害怕，反而是匪夷所思的仇恨，這也許就是那隻狐狸的遺傳結果。

如果在其他的事情裡，羅敷的官兒子從來沒有表現過異於常人的狐狸性格，當然狐臭除外，那麼，在此刻，他的狐狸性格卻暴露無遺。羅敷在此刻應該深深體會到後面會有無窮的危險，但是後知後覺的她沒有。

是和尚的話，促使她冷靜下來，她迅速撲向兒子，抱住他，不讓他衝動。而她的官兒子的拳頭早已經攥得比任何時候都要緊了。

「你爹呢？他把我打暈了。」顯然，窮秀才雖然有很多疑惑，比如樓房的窗櫺已經破破爛爛了，屋子裡也積了厚厚的灰，櫃子上的銅皮鏽了，空氣裡漂浮著一股腐味，這些都是很明顯的感覺。面前的美人此時依然風采不減當年，甚至比當年還要閉月羞花。當然，他不知道是「當年」的美人，他還以為是昨天的美人和今天的美人對比。他根本不知道數十年已經流逝。

他的最大疑惑就是，剛剛還有羅敷她爹和一幫兇狠的家丁拼命揍他，他吐了口血倒地。等他爬起來，這些揍他的人突然消失了，無影無蹤。

他看了看旁邊的立柱，血濺的地方已經不見了，多了一隻慵懶的大蜘蛛安靜地趴在厚重的網中間。

後面的故事跟瑰道士講的又彙集到了一起。

「我爹？我爹十幾年前就死啦！」羅敷眼眶裡滿是淚水，不知道是因為激動還是因為驚恐，抑或是兩者都有之。她的官兒子晃了晃腦袋，似乎剛從昏迷的狀態中回復過來，將嘴巴張得比剛才更大，呆成了一尊雕塑。他恢復了常人的狀態，畢竟他有一半是人的血液。

「死啦？」窮秀才不解地問道，仍在原地不敢多動，彷彿當年打死他的那個老頭子還躲在這個繡花樓的某處角落，一不小心就會跳出來將他打個落花流水、屁滾尿流。「還是十幾年前？妳不是騙我吧？妳騙我！妳騙我！」

羅敷仰頭對天，雙手捂面，淚水從她的指間流出來。

「妳，妳哭什麼？我哪裡說錯了嗎？」窮秀才拖著疲軟的步子來到羅敷面前，抓住羅敷的雙手使勁地搖，「出了什麼事嗎？妳爹怎樣啦？他剛才不還在這裡嗎？妳別哭啊！」由於多年的掩埋，窮秀才的身體非常虛弱，搖晃羅敷的力氣比螞蟻還小。羅敷感覺到一股涼氣從窮秀才的手指透出，鑽入她的皮膚，冷得她打了個顫。

這時，窮秀才發現羅敷背後還有一個人，年齡比他稍大，相貌與他的朋友如同一個模子倒出來的。窮秀才一愣，指著那個衣冠楚楚一副官人打扮的男人問羅敷道：「這個人是誰？他來這裡幹什麼？」說完上上下下打量，眼睛裡充滿了迷惑。

「他是誰？妳怎麼說他是我的兒子？我們還沒有肌膚之親啊！怎麼回事？我是不是在作夢？是不是剛才妳爹進來也是我在作夢？我是不是在作夢？」剛剛復活的窮秀才搖晃著羅敷，發出一連串的問號。而羅敷已經泣不成聲，根本回答不了他的疑問。

10

也許應該這樣說，狐狸從來就沒有離開過羅敷。剛才充滿仇恨的眼光從她兒子的眼睛裡發出來，或許是狐狸躲在暗處的監視作用。它藉助兒子的眼睛監視著羅敷的一切，甚至透過兒子的眼睛控制他的身體。

也許更確切的說法應該是這樣，狐狸把牠的本性透過遺傳的方式遺留在兒子的身體裡。這些遺留的本性是狐狸的本性，羅敷沒有看清楚，而最後釀成悲劇的正是她所忽視的狐性，正是她珍愛備至的兒子。

開始羅敷勸秀才「回到他們的家」，秀才不肯。秀才還想回到他的茅草屋，去讀他的聖賢書，去考取功名。

女人躺在選婆的床上講述到她勸解秀才的時候，又是大顆大顆的眼淚，將床單濕了一大片。令選婆想到村前唱過的花鼓戲[1]——男人是臭氣的泥巴，女人是靈秀的水。這戲唱的哪一齣就不記得了。

女人慟哭著說：「他就是不聽我的。如果當時他聽了我的，認了那個狐狸崽子做親兒子，

註1.花鼓戲：中國地方戲曲劇種，通常特指湖南花鼓戲。湖北、江西、安徽、河南、陝西等省亦有同名的地方劇種。

也就不會惹上殺身之禍了。可憐的秀才呀，一次生命卻惹了兩次殺身之禍。他在黃泉之下不會瞑目的呀！都是我害了他，都是我的錯，我沒有認清兒子的狐狸面相啊！他明明越長大越像狐狸，旁邊的人都偷偷談論，偷偷告誡我，我就是沒有聽啊！」

選婆在旁邊，勸也不是，不勸也不是。看著女人悲傷到下一刻就要死去的模樣，他也跟著流淚。此時，他早已將瑰道士交代的東西丟到腦後了，但是腦袋裡瑰道士的形象卻時時浮現。此時瑰道士的形象在他心中已經沒有敬佩可言，完全是一個撒了彌天大謊的精靈古怪。不過，讓選婆奇怪的是，他跟著瑰道士這麼多天了，卻從來沒有聞到過狐狸的臊味。

眼淚嘩嘩的女人道：「秀才讀書讀得多了，腦筋轉不過彎來。他不知道，他不承認他是孩子的親爹的話，就會對孩子的仕途有影響，人家都說他是狐狸的子孫。我也面子上過不去呀！人家表面上對我笑臉相迎，背後不知道要指指戳戳我多少回呢！」

秀才當然不會承認面前比他還要大兩歲的男人就是自己的兒子。父親才十八歲，兒子卻有二十歲了，說出去人家信嗎？最關鍵的是，我剛剛爬進羅敷的繡花樓，還沒有和羅敷有肌膚之親呢！怎麼就生出一個兒子來？不可能，不可能，這都是假象，背後一定有什麼隱藏的秘密。

羅敷跟她的兒子被秀才復活的情景弄得驚奇不已。可是誰知道，秀才更是被眼前的情景弄得懵懂。變化太快了，實在太快了，剛剛倒下去再爬起來，就發生了這麼幾件荒誕的事情。羅敷的父親剛剛還叫嚷著要打死他，轉眼卻消失了，幾個圍著他追打的家丁也煙消雲散。不，煙消雲散也有慢慢淡去的過程啊！可是他一爬起來，家丁立即就不見了，連個像煙一樣消去的過程都沒有。

雖然這些已經足夠讓沉睡二十多年的他驚訝了，但是這些還不是最讓他驚訝的。最讓他驚訝的是，年輕一如二十年前的羅敷突然帶了個二十多歲模樣的男子，居然要十八歲的他認這個男子做兒子！

「嗡」的一聲，秀才覺得腦袋突然漲大了幾倍，馬上要像點燃的爆竹一樣爆炸開來。

不可能，不可能！

秀才抱住腦袋蹲了下去，拼命地搖晃腦袋，兩隻枯柴一般的手徒勞地捂住耳朵，眼睛緊閉上。「這是一個噩夢！」秀才心想。

或許我還在家裡，秀才心想。

或許我的朋友根本沒有收到一張丫鬟送來的紙條，根本沒有羅敷邀請我晚上到她家裡幽會的事情。她一個高貴的千金小姐，我一個還沒有取得任何功名的窮巴巴的秀才，怎麼會有結果呢？怎麼可能相互喜歡呢？我喜歡她就罷了，可是天鵝哪有喜歡上癩蛤蟆的？不對，不對，我應該是在夢裡。

是不是我喝多了酒，朋友帶來的酒。我醉了，就做了一個稀裡糊塗的夢？我是在夢裡？對，對，對。我應該還躺在床上，嘴裡還冒著酒後的臭味，和衣而睡。這麼一想，秀才便哈了一口氣在手掌心，又用鼻子在手掌心嗅。果然聞到一股臭味。

對了，我還在夢裡，秀才心下暗喜。殊不知，他在樓的夾層中躺了二十多年，口臭是再正常不過的事情了。

可是秀才不管這些，他鐵定認為自己是在夢裡，臭味是因為喝了那個朋友帶來的酒。眼前的羅敷，眼前的陌生男人，都是虛幻的假象。夢是沒有邏輯的，所以自己夢到了羅敷，也所以夢到這個陌生男子跟他朋友相似。

想到這裡，秀才不自覺地一笑，抬起腳來就要下樓。

羅敷對秀才突然的笑感到不可思議。剛才還臉冷如鐵的他，怎麼突然就表情發生了如此大的變化呢？即使那個有著狐狸性情的年輕人，也被秀才的笑弄迷糊了，張大了嘴巴看著秀才的一舉一動，如同小孩第一次看到皮影戲。

秀才撇下兩個莫名其妙的人，獨自一人先下樓來。

由於樓梯多年經歷風吹雨打，已經腐朽得經不起人的踐踏。剛才羅敷和她兒子上樓的時候，已經踩裂了好幾塊木板。他們小心翼翼繞開破爛的地方才走到樓上。

而秀才認為這是夢，心生輕鬆，下樓自然不擇地方，踩到哪裡便是哪裡。一不小心，秀才腳下落空，木質的樓梯如豆腐一樣軟了下去。

「噹啷」一響，秀才身體失去平衡，抱著樓梯扶手一起直接跌到了樓下。

11

樓的周圍，斷壁殘垣，荒草叢生。

跌倒的秀才下巴硬生生地跌在了地上，一開始並不覺得痛，只見一隻胖乎乎的百足蟲在眼前慢悠悠地爬過。再仔細一看，百足蟲下面無數的細小螞蟻，正是牠們抬著百足蟲的屍體向螞蟻窩行進。

不痛，是夢。

也許是因為長久的類似睡眠的死亡，造成秀才營養不良，所以下巴跌出來的血是醬紫色的，那點點血散發著難聞的臭味。但是秀才並沒有因為流出血來而感到鬱悶，臉上反而又是一個燦爛的笑容。那笑容如同一朵難看但繼續生長的花，在這荒草叢叢的地方綻放開來。

羅敷和她的兒子繞開被秀才踩塌的地方，追到樓下。他們生怕弱不禁風的秀才就這樣摔死在這裡了。羅敷的腳踩著棉花似的站不住。

怎料他們剛剛趕到秀才面前，卻看見秀才又一個枯萎的笑，心下一涼。完了，恐怕這滿肚子墨水的秀才腦袋摔壞了，哪有摔成這樣還笑得出來的？

秀才的笑並不是因為腦袋摔壞了，而是因為他摔了這麼重卻沒有感覺到疼痛而高興。這更加證明了他是在夢裡，剛才的情景都是虛幻的，等他醒來，仍然躺在自己的床上。他甚至想像著，剛才的摔倒，不過是真實的自己從床上滾到床下罷了，沒有什麼好驚訝，沒有什麼大不了。

可是，他的笑容如同曇花一現，剛剛綻放就委靡了。

因為，接下來的疼痛如同螫人的黃蜂一樣「蜂擁而至」。他的膝蓋，他的手臂，他的肋骨，被「黃蜂」螫得火燒般疼痛。他像條件反射般爬起來揉痛處，可是身體像綁在了地上似的動不了，出現了短暫的麻痺狀態。

同樣，他的臉上首先湧現的不是疼痛，而是悲傷。

完了完了，這不是夢！

夢裡是不會覺得疼痛的。而此刻身體疼痛得無以復加。

羅敷和她兒子見秀才的表情發生變化，身體開始扭動，連忙趕上來一人一手將秀才扶起來。羅敷一面扶著秀才一面給他腐朽的衣服拍塵土。羅敷的兒子一面扶著秀才，一面在自己的鼻子前面揮動手掌，驅趕秀才身上散發出來的難聞氣味。

羅敷和她兒子就這樣半扶半扛地將秀才帶出荒草地。

秀才的腳在地上拖著，當荒草不再絆住他的腳時，他忍不住大哭起來。渾濁的淚水不多，斷斷續續卻不停止地從臉上滴落。

被抬出來的秀才仍不死心，堅持要羅敷和她兒子扛著他去原來的茅草屋看看。羅敷和她的兒子只好從命，亦步亦趨地帶他到了坍塌的茅草屋前面。

這時候太陽正烈。不知誰家的牛躺在那裡曬太陽，牛背用力地磨蹭一段還沒有完全倒下的土牆，藉以撓癢。他的破木床原來就挨著那畔牆放著。原來是他的夢鄉之地，現在卻是一頭老水牛的休息之所。

他還記得，在他還是童生[2]沒有考上秀才之時，那畔牆外就經常繫著一頭水牛的。村裡

註2.童生：文童之別稱。明清的科舉制度，凡是習舉業的讀書人，不管年齡大小，未考取生員（秀才）資格之前，都稱為童生或儒童。

的一個蠻農夫欺負他讀書無用，故意將水牛拴在和他的床相隔的牆外，使他夜夜聽見水牛反芻的聲音。

現在那頭牛更加放肆，居然將他睡覺的地方佔有。不過，不知道這頭牛還是不是原來的那頭，或者是那頭牛的子或者孫。

當年他唸叨著「斯是陋室，唯吾德馨」藉以自我安慰的居身之所也沒有了。秀才雙腳又軟塌塌地要跪下來，可惜被羅敷他們兩人扛住，俯身不得。秀才嘴巴一張，不知道要講些什麼，卻昏厥了過去。

羅敷生怕他再次死過去，連忙招呼兒子一起將他扛到了自己家。羅敷的兒子雖不喜歡這個略顯神經質的人，卻有些相信母親的話了。羅敷的兒子思忖：這個復活的人不承認他是自己的親生兒子，也許只是一時神經錯亂而已，就像在樓上和在樓下的兩個匪夷所思的笑容。其實，羅敷的兒子更多的是希望，希望那個人就是他的父親。只有這樣，他的仕途才不會有人指指點點、說三道四。雖然在年齡上大了父親兩歲，可是將母親口中的故事複述出來，未必不是增加他的傳奇經歷。古書上寫到一個偉大的人物出場，總要介紹他的不同尋常的出生方式。他，以這樣傳奇的出生，也是仕途順暢的一個籌碼。

而這一切，只需要那個神經質的人改口，說他就是自己的親生兒子，當年跟他母親就有那麼一段經歷。那麼，他才不管這個人是不是真正的親生父親呢。

羅敷沒有時間考慮她的兒子怎麼想，急急忙忙叫了醫生來給秀才治病。然後，她又推開下人，親自給秀才煎湯熬藥，送茶餵水。羅敷自己心裡明白，跟她睡過覺的不是秀才，而是一隻狡猾的狐狸。可是這些年來，讓她能夠度過無數個孤枕難眠的夜晚的，還是這個窮秀才。她天天想像著如果第一個晚上來的是窮秀才，那該有多好！她還記得那首詩，那首《召南·野有死麕》。她經常在寂寞難耐的夜晚默默背誦著優美的詩句，回味著跟秀才相撞的那一剎那。

秀才哪裡管羅敷這些細膩的思想，睜開眼的第一個念想便是要離開這裡，羅敷好勸歹勸也不起作用。倒是秀才爬起來的那一刻，卻又虛脫地躺倒了，氣若游絲。羅敷只好一邊安慰他，一邊給他餵藥。

正在羅敷給秀才餵藥間，羅敷的兒子推門而入，雙膝著地，很脆地喊了聲：「爹！」

這是羅敷和秀才都始料未及的。

羅敷的兒子又很鄭重地給躺在床上的秀才磕了幾個頭，每一個磕頭都非常響亮。

秀才起不了身，只翹起了頭來看床下叫他「爹」的比他還大兩歲的男人。

12

床下的男子磕了幾個響亮頭後，也仰面看枯柴一般的「父親」。

那一刻，他看到了非常熟悉的眼光，那是他朋友的眼光，明亮而狡黠。他一直納悶，他的那個朋友為什麼對他那麼好，他試圖從朋友的眼光裡找到答案，可是他朋友的眼光太深，他探不到底。現在，這雙極其類似的眼光再一次出現在他的面前，同樣令他捉摸不透，不知道那雙眼睛裡透露出的是單純的善意還是叵測的用心。

秀才稍微想了想，腦袋便天旋地轉，兩眼一黑，翹起的頭重重地落在了床沿。羅敷驚叫一聲，慌忙擺正秀才的姿勢。在這場眼光的交戰中，秀才首先落敗。

跟爺爺捉鬼的日子裡，最讓我有安全感的不是他的技巧有多麼好，手腳有多麼利索，而是他的眼光。爺爺的眼光裡幾乎不會出現消極的情緒，對我只有微笑和溫和，對左鄰右舍只有平和與親切，而對那些不乾不淨的東西，只有嫉惡如仇和冷漠如冰。當然，那都只是過去的事。等我長到二十多歲後，爺爺的眼光裡透露的多半是無奈。也許，他自己並不知道我如此細心地觀察著他眼睛的變化。

總之，那一刻，秀才不敢再看羅敷兒子的眼睛。而羅敷的兒子卻總用那雙眼睛追尋秀才，他迫切需要秀才的答案。

喝了藥的秀才身體好了一段時間，又漸漸變得病懨懨的，似乎回到了一開始的狀態。

羅敷見他皮膚變得異常粗糙，手背和腳背上都起了一層白花花的皮屑，像長了白硝的青磚牆，一雙眼睛似睜似閉，張不了多大也不能完全閉上，如剛出生的小老鼠。讓人難以接受的是，他身上的腐爛的味道並沒有消失多少。羅敷的兒子每次走進秀才的房間都有重新回到了破舊的繡花樓的錯覺。雖然他自己身上有強烈的狐臭，但是那些腐爛的味道並沒有阻擋他的逆反心理。

羅敷看見當年意氣風發的秀才變成現在這個模樣，心裡十分難受，覺得是自己牽連了他，欠下了他許多。羅敷辭了幾個傭人，親自日日夜夜照顧瘦弱的窮秀才。

秀才雖然迷迷糊糊、似睡未睡的像個半死人，但是羅敷的一舉一動他都看在眼裡記在心裡。何況他本來就對羅敷有愛慕之心。

為了給羅敷一個答覆，也是為了解開內心的迷惑，他對羅敷的態度漸漸好轉，也漸漸開始和羅敷攀談。

這一來二去，他們倆終於弄清楚了。原來是窮秀才的朋友趁夜潛進了羅敷的閨房，釋放了迷藥促使羅敷意亂情迷，趁機佔有了羅敷。窮秀才的狐狸朋友當夜又逃回窮秀才的茅草屋，仿照女人的字體寫了那張引誘窮秀才的紙條。然後窮秀才心不設防地去了羅敷的閨房，卻被設好圈套的老爺給打死。

羅敷問他，你怎麼就招惹了狐狸的？狐狸和蛇都是招惹不得的。

秀才這才想起很久之前打過一隻偷吃他家豬油的狐狸，除此之外並沒有惹上過狐狸。

整件事情的前因後果弄得通通透透。羅敷抱著秀才哭得成了淚人。可惜那隻狐狸偷去羅敷的貞操之後再也沒有出現過，除了無數個驚恐傷心的夢裡，狐狸的影子再也沒有出現過。

在這裡，我不得不提到幾乎被我們遺忘的歪道士。在選婆和爺爺他們與瑰道士女色鬼鬥智鬥勇的時候，歪道士一直待在他的小破樓上，一步也不敢沾地。有時，我就想，是不是歪道士也招惹了像狐狸這樣記仇而難纏的討債鬼。我甚至猜想，是不是因為很久以前，歪道士還沒有當道士的時候就招惹了這樣的東西，然後知道在劫難逃就做了道士？

只可惜我沒有機會親自去問歪道士，歪道士也不可能把這些事情無緣無故就告訴我。

倒是四姥姥給我講過，討債鬼一般都是正義的討債鬼，它只會死死糾纏欠了它血債的那個人，不會去害無辜的人，比如羅敷。

而這隻傷害羅敷的狐狸不僅不正義，還非常好色。在隱匿於羅敷周圍的許多年裡，牠繼續幹著傷天害理的事情。許多家庭或者即將組建的家庭，都因為牠的介入而支離破碎。許多正當青春年少的女孩因為牠的變幻和引誘而痛不欲生。在牠隱匿的二十多年裡，許多年輕的生命香消玉殞。在那個時代，被玷污的女孩子都會去自尋短見，免得敗壞家風。所以，這二十多年裡，陡然增加了許多投井而死的水鬼、吊上房樑的吊死鬼，喝毒藥的、用剪刀割脈的冤鬼也不計其數。

如果不是在那二十多年裡突然增加如此多的冤魂，姥爹也就不會在算盤上算到爺爺的危險。姥爹的手稿中有他發現危險的表述：姥爹雙手在算珠上活動，人生的流水在他眼前波濤洶湧。這是一個開闊的視野，如同站在黃河堤上觀望流水走向。如果都是平淡無奇地靜靜流失，那麼不會引起任何人的注意。可是哪裡有危險的激流，哪裡有激起的大浪，都能一眼看到。別人看姥爹就這樣站在算盤前面，而姥爹眼睛裡的自己卻是面江而立。

姥爹看見了一個撞擊異常劇烈的浪花，濺起的水珠比其他地方都要高，砸在水面比其他地方都要凶。

「不吉！」姥爹心裡默唸道，慌忙撥動算珠，將眼睛的方向對向那朵凶相的浪花。他用算珠將那朵浪花層層剖析開來，滴滴算盡。

這本是一個非常兇險的景象，做為平凡一人的姥爹，看過也就罷了，絕不能插手的。他自己也不過是這流水中的一滴而已。

13

姥爹不會眼睜睜看著自己的兒子被女色鬼置於死地，可是過於嚴重的反噬作用是他承受不了的，就是像貓一樣有九條命也承受不了。

經過冥思苦想，姥爹終於找到了一個巧妙的方法。反噬作用只對活人有用，那麼死了之後參與總不會有事的吧？可是，說歸說，人都死了，還怎麼參與這件事呢？死的人看不見聽不著、聞不到，怎麼能奈何陽間的事情？

雖說孤魂冤鬼也不少，可是姥爹的靈魂一無冤仇，二無怨恨，走的是正常的靈魂要走的道，根本沒有機會參與到女色鬼的事情中。

可是什麼事情也攔不住姥爹的思維。他在平時正正經經的思考中想破了腦袋也沒有找到好的方法，可是在他老人家蹲茅廁的閒暇之際，居然對著廁紙靈光一閃。

於是，聰明的姥爹想出了死後再參與這件事的方法。

好了，事情回到窮秀才和羅敷那裡。窮秀才和羅敷知道了是狐狸作祟，兩人哭得死去活來。

而羅敷的兒子還被蒙在鼓裡，他天天來逼窮秀才，要窮秀才承認自己就是他的親生兒子。窮秀才恨不得殺了狐狸，只恨自己身體不行，動不了手，哪裡還會承認這個狐狸崽子是自己的親生兒子呢？

動不了手，口總動得了吧！於是，窮秀才破口大罵：「你這個狐狸崽子！敢叫我承認你是我的崽子嗎？承認了你，我不就成了害人的狐狸了嗎？有本事找到你自己的狐狸爹，你找到他了，我們也要報仇呢！」

狐狸崽子本來是低眉順眼地央求窮秀才，怎料換來一臉的口水！頓時，狐狸眼裡的假仁慈消失了，轉而是冒出紅色的凶光。

「媽的，老子給你好臉色，你居然這樣對我！」狐狸崽子一個巴掌打得窮秀才暈頭轉向，口吐白沫。

「就知道你是狐狸的崽子，就知道你心狠！狐狸崽子！你就是狐狸崽子！我早認清楚了你的真面目！你這狠心的狐狸崽子！」窮秀才被打得疼痛難忍，嘴裡的話倒罵得更加狠了。

羅敷的兒子最恨別人叫他狐狸崽子，就是這個名字，使他事事不順心，處處不如意。自從他當了官，別人都只敢在他背後怯怯地講，還沒有誰敢當著他的面罵他狐狸崽子。

當初僅僅是因為偷油被打，他的狐狸父親就敢忍耐數年尋找機會謀害一無所有的窮秀才，他的報復心不會比他父親少。

羅敷的兒子躍上床，一下蹲坐在枯瘦如柴的秀才身上，伸出雙手死死掐住秀才的脖子，把秀才後面要說的話全堵在了喉嚨裡。秀才的嘴裡立刻發出「嘟嘟」的聲音。

秀才像案板上就要剖開的魚一樣，有氣無力地擺動身體，企圖擺脫死亡的命運。對秀才來說，這是第二次面對死亡。頭一次一棍就要了他的命，而這次卻要痛苦得多。秀才張開了嘴還要罵狐狸崽子，可惜已經發不出聲了。

不一會兒，秀才像煮熟的魚一樣，眼睛全變成了白色，身體漸漸冷了下來。而狐狸崽子似乎還不解恨，仍坐在秀才的身上，手仍死死掐住他的喉嚨，兩眼燃燒著憤怒的紅光。

可憐的窮秀才，就以這樣的方式經歷了兩次死亡。

後來我想，照道理說，窮秀才才是最大的冤鬼，應該是他的靈魂不散，天天糾纏瑰道士才是。可是整個事情的過程中，從沒有見過窮秀才的鬼影子。再一想，窮秀才本來就身體虛弱得要命，哪裡有本錢跟強大的狐狸鬥？如果一隻螞蟻仇恨另一隻螞蟻，或者一隻大象仇恨另一隻大象，那麼很可能會發生激烈的爭鬥。如果是一隻螞蟻仇恨一隻大象，那麼結果可想而知。

窮秀才就是那隻可憐的螞蟻，瑰道士就是那隻龐大的大象。

可是羅敷的靈魂卻異常的強大，她肩負著自己和心上人的仇恨，一直跟狐狸爭鬥。

要說，羅敷也不過是一個弱女子，成為孤魂野鬼也就罷了，要想跟強大的瑰道士一拼上下，也是螞蟻要跟大象拼鬥的妄想。可是她卻做到了，甚至在爺爺這個時代追得瑰道士到處逃亡。瑰道士也只得藉助紅毛鬼的力量來對抗羅敷。

那麼，羅敷這個弱女子又是透過什麼樣的方式獲得跟瑰道士一爭上下的實力的呢？且不要急，待我一一道來。

坐在秀才屍體上的狐狸崽子直到聽到瓷器破碎的聲音才驚醒過來。

瓷器是羅敷打碎的。

羅敷本來是端著一碗熬好了的中藥湯，進屋要來餵秀才的。她沒有看到秀才起身來迎接，卻看見自己的兒子眼冒紅光，活活掐死了自己的心上人。

手一鬆，瓷碗就從手中滑落，摔落在地，碎為數片。熱湯的蒸氣騰地而起，朦朧了羅敷的雙眼……

也許是因為狐狸崽子身上有一半羅敷的血液，他看見羅敷的時候才能稍顯一些人的性情。瓷碗破碎的聲音令他驚醒，他慌忙縮回了僵硬的雙手，目瞪口呆地看著翻著白眼的秀才，一副不敢相信的樣子。

再看看門口，母親已經像突然被抽取了骨架似的，身體軟了下來，緩緩地倒在了地上。狐狸崽子急忙跳下床，跑到門口去扶母親。

此時，一個從門口經過的傭人看到了這驚人的一幕，急忙捂住自己的嘴巴，慌忙去衙門報案。

等衙門的人趕到，羅敷和窮秀才的身體都已經冰冷了。狐狸崽子被幾個彪形的衙役抓走，一個月之後砍了腦袋，做了無頭鬼。

我不知道羅敷和窮秀才的靈魂是不是同時離開肉體的。如果是的話，他們之間有什麼語言，有什麼動作，他們是怎麼發誓的，怎麼分開的，我都不知道。我知道的是，在一個月之內，當地有數十個男子死在了自家的床上，無論生前體形怎樣，死後都乾枯得像一具木乃伊。

14

「這些男人都是妳害死的嗎？」選婆急躁地問羅敷，不，應該是女色鬼。選婆知道，此時的羅敷已經不再是以前那個懦弱被欺負的羅敷了，而是怨恨纏身的惡鬼——女色鬼！人與鬼的轉換之間，其實只隔著一道薄薄的牆，那道牆就是——怨恨。

女色鬼點了點頭：「對，那些男人都是我弄死的。不過，你用錯了一個詞，不應該叫害死，是他們咎由自取！」

「咎由自取？為什麼？」選婆問道。女色鬼此時抹去了眼角的淚水，她不再是一副楚楚可憐的模樣，轉而換上的是兇狠的目光和緊咬的牙關。仇恨能燒到一個人的善良，使她變成十足的魔鬼。

「因為他們都有一個通性，他們都是好色的男人！」女色鬼道，「他們都有了自己的家室，有了自己的妻子、兒女，卻還色性不改，看見美麗的女人就垂涎欲滴，他們和那隻狐狸有什麼區別！」女色鬼的臉上表情變得僵硬，就如一個鐵塊打成。

選婆熟知女色鬼的習性，但是他還是用試探的語氣問道：「是妳主動勾引他們的吧？」

女色鬼卻冷笑道：「勾引與被勾引有什麼區別？一個巴掌拍不響。」

「僅僅是因為這個妳就害死……弄死了這麼多男人？」選婆心驚肉跳，他怕女色鬼一時怒火攻心，將他做為下一個殺死的對象。

「不。還有一個更重要的原因。」女色鬼的怒火似乎慢慢降了下來。

「還有一個更重要的原因？什麼原因？」

「因為我要殺死那隻狐狸。」

「可是妳根本不是牠的對手！」選婆打斷女色鬼的話。跟瑰道士相處也有一段時日了，選婆熟知瑰道士的厲害。那麼兇猛的紅毛鬼，被瑰道士三兩下就制伏了，這不是一般人所能辦到的。選婆也聽馬師傅說過，紅毛鬼發怒的時候會爆發多大的力量。可是在那個詭異的夜晚，瑰道士居然輕易地將紅毛鬼制伏，紅毛鬼如一隻受傷的老鼠躲避貓咪一般慌不擇路。而羅敷不過是在手帕上牽針引線的柔弱小姐，比起力量來，甚至還不如那個手無縛雞之力的窮秀才。

「是的。我以前根本不是它的對手。」女色鬼臉上露出一個陰冷的笑。那個笑容使選婆起了一層雞皮疙瘩，他感覺到後背有一陣涼氣順著脊椎爬到了後頸。

以前不是牠的對手？那麼意思是現在可以做為牠的對手了？她的進步這麼快？選婆心想。這些問題不用選婆說出口，因為女色鬼接下來自己回答了這些疑問。

「我殺害那些男人，就是為了對付那隻狡猾的狐狸！」女色鬼恨恨地說。

「妳殺害那些男人跟妳對付狐狸有什麼聯繫？」選婆不解。

「既然生前那些長舌男、　　長舌婦都說我跟狐狸私通，是為了採陽補陰，那我不妨真試試。在我生前亂嚼舌頭，我就讓他們親身來體驗一下。讓那些長舌男體驗陰陽結合的好處，讓那些長舌婦失去好色的丈夫。」女色鬼笑得邪惡，使選婆不敢直視，「我吸取了男人的精氣，所以那些男人死前都只剩下皮包骨。而我，對付狐狸的實力會因此增加一層。」

選婆渾身一冷。剛才我跟這個女色鬼也採陽補陰了，那我豈不是也要變成一具枯骨？完了完了，瑰道士只是交代他勾引女色鬼，沒想到卻要搭上自己的性命。

選婆不是很會偽裝自己情感的人，喜怒哀樂都寫在臉上。自然，女色鬼也將他的心思看得通通透透。

「你是擔心你也會變成一具枯骨嗎？」女色鬼看著選婆的眼睛，問道。選婆無法躲開她的直視，只好愣愣地看著她，緩慢地點點頭。

「我不會害死你的。」女色鬼笑了笑，但是選婆對她此時的笑很反感。他覺得自己就是她玩弄於股掌之間的一隻小螞蟻，生與死，都由她的心情來決定，自己已經完全喪失了把握權。他不喜歡這樣的感覺。但是，他毫不懷疑，自己已經無法自拔地喜歡上了面前的女人。更確切地說，是喜歡上了面前的女鬼。

想到瑰道士叫他來迎合女色鬼，選婆不禁一笑，這個瑰道士怎麼也不會料到，他派出的人居然喜歡上了這個他要對付的女色鬼。

「為什麼妳不傷害我？我不也可以給妳提供一些精氣嗎？」選婆問道。

「對，你可以給我提供精氣。並且，我已經吸取了九十九個男人的精氣，如果再有一個男人的精氣，我的實力就可以超過那隻狐狸了。那隻狐狸就不是我的對手了。」

「九十九個？」選婆毛骨悚然，「我是第一百個？」

「不。如果算上窮秀才的話，跟我睡過的人你是第一百零一個。」

「一百零一？」選婆睜大了眼睛。

羅敷的眼淚又出來了：「如果狐狸也算人的話，你的確是第一百零一個。我並不想記得這麼清楚，我只記得和多少男人睡過，並不記得每個男人的模樣，雖然跟他們同床共枕過。」

一顆大粒的淚珠從她的左臉滑下，選婆一陣心疼。

選婆伸出一隻手擦拭她臉上的淚痕。

羅敷捏住選婆的手腕，不知是因為選婆溫柔的動作還是因為記起了不堪的往事，她更加泣不成聲，淚水如泉湧一般流出。

「我最喜歡的窮秀才，他卻不是裡面的一個。那可惡的狐狸竟然是第一個。」羅敷的嘴唇被牙齒咬出了血，鮮豔的紅色從嘴角緩慢洇出。那裡通常流出的是別人的血。「而你，是我唯一睡過卻不會傷害的人。」

選婆點點頭說：「不要說了，羅敷，妳不要說了。」他雙手抓住羅敷的肩膀輕輕地搖晃。

我不知道，姥爹在珠算人生的時候，是否算到了還有選婆這樣一個人，是否算到了女色鬼還有一個不殺的男人。也許這對姥爹來說，是無關緊要的，所以在手稿中隻字未提。但是，精明的瑰道士肯定沒有算到，這對瑰道士卻是最為失誤的一次。他本想用那首詩來吸引女色鬼的注意，卻未曾料到她竟然喜歡上了唸詩的人，更未曾料到唸詩的人和聽詩的人居然捅破了他的謊言。

那個晚上，爺爺病倒了。畢竟年紀大了，連天連夜的畫符使爺爺體力透支，加上他不停地抽菸，肺病犯得更加頻繁。

爺爺躺在床上，嘴唇泛白。他叫過奶奶，叫她幫他去一趟文天村，去找一個做靈屋的老頭子。

「喂，你們有誰知道靈屋是什麼嗎？」湖南同學突然將故事中斷，詢問我們道。

我們搖頭。

「都不知道啊？明天晚上就知道了。」湖南同學咧嘴笑道。

有一位同學仍不甘休，大聲問道：「你開頭不是說所有的情侶上輩子都是冤家嗎？難道選婆的上輩子就是窮秀才？」

湖南同學想了想，回答說：「也許是，也許不是。」

那同學辯論道：「是的話，證明你那句話正確。但如果不是呢？」

「如果不是，只能說明還有一種能量可以打破這句詛咒。」

「什麼能量？」

「真愛的能量。」

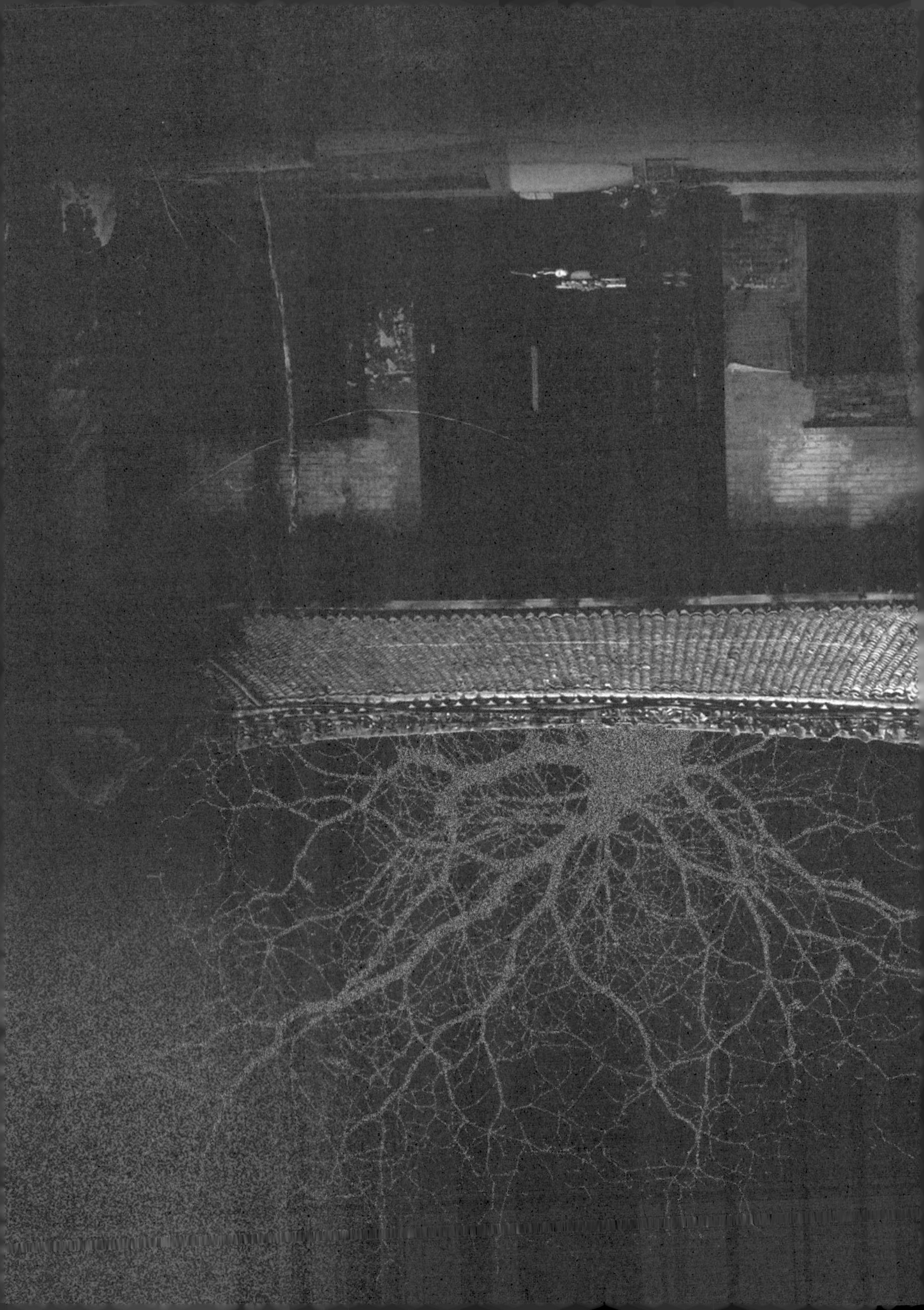

靈雲老人

15

零點時分。

「喂，靈屋是什麼啊？」一個同學迫不及待地問道。

湖南同學揮揮手：「不要著急，講著講著你就明白了……」

之前一直沒有提到過文天村這個做靈屋的老頭子，他實在太老了，走路的時候氣喘得非常厲害，彷彿下一口氣要付出極大的努力才能接上，可是他瘦弱的身子根本給不起這麼大的負載。所以總給人一種馬上就要斷氣的感覺，說不定在某個晚上就魂歸西天了。

這個老頭子無子無女，一直住在文天村一個逼仄[3]的巷道裡。有時，我和媽媽去爺爺家要穿過那條巷道，我們只有在豔陽天為了走近路偶爾才經過那裡。如果天氣稍微潮濕一點，我們是不會走那條巷道的，寧可繞開行走。因為巷道兩邊都是老屋，牆要比一般的房子高出很多。並且老屋大部分已經沒有人居住，缺少維修，一副牆倒瓦傾的景象。

我和媽媽經過的時候總擔心那些歪歪斜斜的牆會倒下來，總想快快通過這條巷道。可是

註3.逼仄：狹窄。如杜甫《逼仄行贈畢曜》中的逼仄何逼仄，我居巷南子巷北。

如果下雨，巷道裡排水不暢，稀泥很深，走快了容易摔倒。所以，我和媽媽寧可多走些路也不願意走那裡的捷徑。

那個做靈屋的老頭子就居住在那條巷道裡，除了偶爾出來砍竹子、買紙張，其他時候就窩在家。外面經過的人只要聽見他的屋裡傳出刺啦的劈竹聲，便知道這個老頭子還活著，也可以預料到附近又有人死了。因為只有在葬禮上才能用到老頭子的傑作——靈屋。

也不知道是從哪個朝代開始流行這種葬禮方式，人死後親人總要給他燒一些東西。我聽說過其他很多地方都有貴重物品陪葬，或許這跟燒東西有異曲同工之妙。我們那裡，在出葬的那天，要給死人燒一些紙和竹子做成的房屋，讓亡者在冥間有地方住。還要給亡者燒一些金山銀山，當然金銀是很難燒化的，所以也用紙和竹子做成山的形狀，然後在紙上畫很多元寶。

靈屋以竹子為骨架，然後在外面黏上白紙，再在白紙上畫門畫窗。在燒靈屋的時候，需要一個人在旁照看，靈屋不能一燒就倒下，要先讓紙燒完骨架殼屹立在那裡，然後骨架慢慢燒盡。如果靈屋上的白紙還沒有燒盡就倒下了，這靈屋便沒有完好地送給亡者。這個責任一個要怪燒靈屋的人不會維護，二就要怪做靈屋的人功夫不到家。

所以，靈屋也不是誰都可以做的，在那時的農村，也算一門特別的手藝。

而文天村這個老頭子，在這方面尤其在行。他沒有子女贍養，光靠村裡幫助一點是不夠的，所以靠這個手藝賺些買油鹽的錢，也倒是贏得每個人的尊重。

雖然那時的我經常去爺爺家，經常經過那裡，可是見到他的機會很少。我雖知道這個人，但是根本不記得他的長相。

有幾次我從爺爺家回來，爺爺要送我翻過文天村和畫眉村之間的一座山，爺爺很多次把我送到這個老人的家門口便止步。我便繼續走回家，爺爺卻轉身進了那個老人的家。我可以猜到，爺爺會跟他談些什麼方面的話題，不是談論冥間地獄，而是回憶過去他們年輕時的歲月。

除非是人家找上門來要他幫忙，爺爺一般不喜歡隨便跟某個人談論方術方面的事情。大概那個做靈屋的老頭也是如此。有時，我覺得他們那一輩的人像戲臺上的配角，出場的時候盡情揮灑，退場的時候一言不發，不像我們這一代這麼張揚。

想到他們，我就感嘆不已，覺得滄海桑田是一種殘酷。

奶奶披著夜色走到了那條古老萎縮的巷道，敲響了那個老人的門。

「篤篤篤——」敲門聲驚醒了沉睡在門內的一隻土狗。

「汪汪——」土狗回應敲門聲，卻把裡屋的老頭子吵醒。

「誰呀——」一個蒼老的聲音傳來。由於巷道兩邊的牆非常高，這個聲音走不出巷頭巷尾。

「是我，馬岳雲。」奶奶不報自己的姓名，卻報出爺爺的名字。

16

既然能聽見狗吠，證明老頭子的耳朵不會背到哪裡去，何況是在寂靜如死一般的夜裡，辨別聲音更加容易。老頭子不會不知道，這個聲音不是馬岳雲的，況且聲音還是一個女的。可是老頭子毫不猶豫，馬上巍巍顛顛地走出來。奶奶聽見細碎的腳步聲從裡屋一直響到了面前。然後一陣木頭相撞摩擦的聲音，在寂靜的夜裡顯得特別清脆。老頭子打開了家門後面的木門。一張溝溝壑壑的臉浮現在奶奶面前，雖然奶奶有心理準備，但還是嚇了一跳。

漫天的星光撲進了老頭子的家裡。奶奶踩著星光走了進去。一個昏暗的角落裡有兩道寒光冒出，那是老頭子的狗。孤寡的老人，一般都會養著貓狗的，或者是養著一屋的花。在多少年後，奶奶因病去世後，爺爺卻只養著一頭牛。

老頭子用哆哆嗦嗦的手摸到一盒火柴，「哧」一聲劃燃，奶奶就看到了一個豆大的火苗，然後火苗如豆芽慢慢長大。原來是老頭子點燃了一個燈盞。

當時電已經接進村裡了，但是老頭子仍堅持用燈盞。那是燒煤油的燈盞，火焰上方有很濃的煙。在這個高大而空曠的漆黑房屋裡，燈盞本身就有幾分恐怖的氣氛。

奶奶發現，這個空曠的堂屋裡前後左右全部是即將給死人用的東西——靈屋。

在燈火的跳躍下，這些紙和竹子摺成的小房屋在各個黑暗的角落若隱若現，彷彿它們已經在地獄中被亡靈使用了。而面前的老頭子，則是冥間的偉大建築師。

冥間建築師的眼睛也如燈火，閃爍地看著奶奶。他大概有了幾分明白奶奶來是幹什麼的。

奶奶先為打擾老人的睡眠道歉，然後說出了爺爺的請求。

冥間建築師想也不想，就點了點頭。

奶奶心裡一陣感激。雖然她不怎麼支持爺爺做這些事情，但是老頭子的爽快和理解卻使奶奶心生愧疚。

奶奶不知道說什麼好，很多感激的話堵在了嘴裡說不出來。像這位冥間建築師，聽過感激的話多了。

「很晚了，您先回去休息吧！叫馬岳雲放心，他交代的事情我一定辦好，沒有問題的。叫他好好做好自己的事，不要因為這個分心。」冥間建築師卻先開口了，一邊說一邊朝門口走，送奶奶出門。

奶奶走出門來，老頭子又關上了門。

奶奶又重新站在了漫天星光下，看著面前的漆黑木門，感覺剛剛是脫離了人間進了地獄一回，那些黑暗中若隱若現的靈屋使奶奶不能忘懷。那裡真如地獄一般。

可是地獄裡住著一個善良的老人。

爺爺已經萬事俱備，只欠東風了。他總算能安心養一小段時間了。這之後，迎接他的將是更加險惡的困難。

「那隻狐狸現在跑到哪裡去了？妳還在追尋牠嗎？」選婆終於問到了關鍵的問題。

「那隻狐狸？」羅敷道，「已經到了這裡了，先於我到了這裡。」

「到了這裡了？」選婆一驚。不用猜，選婆也明白了幾分。但是他還不確定，如果瑰道士就是那隻可惡的狐狸，那麼他那次在夭夭家捉鬼又怎麼解釋？只見過道士捉鬼的，哪裡見過狐狸捉鬼的？照道理說來，妖魔鬼怪都是同一類，傷害羅敷的狐狸絕對是一隻妖狐，傷害人情有可原，應該不會傷害其他的鬼吧！還有，選婆聽老人講過的妖狐一般都是女性，從來沒有見過男性的妖狐。瑰道士絕對不是那隻狐狸。

那麼，瑰道士到底是幹什麼的呢？選婆的心裡已經有了千千結，解不開。

「是的。牠已經到了這裡了，我熟悉牠的氣味，我是追著牠的氣味來的。這麼多年來，我一路吸取好色男人的精氣，一路循著氣味追蹤那隻狐狸。」羅敷淡淡地說，一副不到黃河心不死的模樣。

「妳確定牠就在這裡？」選婆還是不信。

選婆給我複述到這裡的時候，我想起我的月季，它在某個夜晚也給我提示，說一種強大的氣味正在向這裡行進。

「牠就在這裡，而且離我已經很近了。」羅敷肯定地說。

選婆渾身一顫，很近？他朝四周看了看，似乎那隻狐狸就躲在他家的某個角落。

「選婆！」屋外一個響亮的嗓子喊道。

選婆和羅敷都一驚，聽見外面的腳步聲漸漸靠近，完全沒有防範，可以猜出外面的人不是偷聽者。

「選婆！起來沒有啊？太陽都曬到屁股了，你怎麼還賴在床上？」原來是跟選婆玩得比較好的夥伴。「你這人，一沒孩子夜裡鬧騰，二沒女人夜裡折騰，怎麼也賴床呢？」那人在外面吆喝道。

羅敷聽了，朝選婆莞爾一笑。選婆見到羅敷的笑，又愣了。這個女人，剛才還是那麼堅毅的表情，現在又是一副萬般可愛的模樣。女人真是善變的動物，同時也是吸引男人的尤物。此時女人的笑讓他心生感慨，這麼好的一個女人壞在了一隻狐狸手裡，真是上天不公。要不是那隻狐狸，人間會多一段美好姻緣，少一段心酸悲劇。可惜了！

「你快回答外面那個人，不要讓別人發現我在這裡。」羅敷忙交代選婆道。

選婆連忙一躍而起，慌亂穿好衣褲。女人則摟緊了被子，剛才露在外面的兩條白皙的胳膊也藏進了被子裡。

選婆走出家門，這才發現已經是日上三竿。這一段談話實在長，讓他們倆都忘記了時間。時間真是一個奇怪的東西，有時會快有時會慢。

「有什麼事嗎？」選婆的眼睛一時適應不了外面的陽光，瞇著眼睛問道。而他的夥伴，在炫目的陽光下一臉壞笑地走了過來。

17

選婆看著夥伴臉上的壞笑，渾身不自在，彷彿一片看不見的雞毛在撥弄他的周身。

「你笑什麼？」選婆問道。不過語氣完全暴露了他的心虛。

夥伴打趣道：「哎呀，果然不一樣了啊，你看，臉色紅潤，眼睛有神。哎呀哎呀，就是不一樣了啊！」

選婆聽出他話中有話：「直說吧你，什麼意思？再這樣打趣我，別怪我不搭理你啊！」說完，選婆假裝轉身要往家裡走。

「這麼急著要回屋裡？看來我猜得沒錯，家裡有美人等著吧！」

選婆一驚，站住了。

「看！被我說中了吧！哈哈，你這哥兒們也太不仗義了，有了好事也不告訴兄弟一下，來來來，讓我進去看看嫂子長得啥樣，是不是真如瑰道士說的美如天仙啊！真是便宜你這小子了，看來你是命犯桃花啊！」夥伴一邊說一邊要往屋裡走。選婆急忙攔住，死死不讓夥伴走過他的雙臂。

「原來是瑰道士跟你說的？」選婆問道。

夥伴撥開選婆阻攔的手：「你管是誰告訴我的，我就知道你的房裡現在有一個大美女。昨天晚上沒提前來打擾你們的好事已經夠哥兒們了，你再不讓我看看嫂子的美貌就是你不把我當哥兒們了。」

選婆心想道，如果真是美女，讓你看看也無妨，但是現在在屋裡的是鬼，並且是厲鬼，怎麼能讓你亂看呢？女色鬼最討厭好色的男人了，而這位夥伴平時就是花花公子，看見漂亮的姑娘就喜歡動手動腳，在漂亮姑娘的胸前、腰間揩點油。放他進去，不是讓他自找死路嗎？

瑰道士不是要他秘密進行嗎？現在怎麼又告訴別人？難道瑰道士預測到了我和女色鬼會互相喜歡？所以他派另外的人來試探？

選婆猜錯了。因為這個夥伴是爺爺派來的。

「你真不讓我看看？」夥伴有些生氣了。

「你什麼要求都可以提，但是今天就不讓你進門！」選婆斬釘截鐵地回答道。

「那好。哥兒們家裡置了壺好酒，沒有人陪我喝，你跟我到我家去喝點。這要求不高吧！」夥伴攤開雙手道。

選婆對夥伴的突然轉變驚喜不已，卻又有些迷惑。這人怎麼轉變這麼快呢？「喝酒可以，但是要等到中午或者晚上吃飯吧！早上起來就喝酒，傷身。」這麼一說，他感到肚裡咕咕叫了，從早晨到現在，還沒有吃一點東西。

「那好，你中午過來吃個飯吧！把我那壺好酒平分喝了。這個要求不過分吧！你再不答應可就不夠意思了。」夥伴說。

選婆急忙點頭，生怕他改變主意要進屋裡。

夥伴見他答應，便轉身往回走。選婆還不放心，等到看見夥伴走出了地坪，轉個彎不見了，才進屋又返身關門。

「他怎麼知道我在這裡？」羅敷見選婆回來，慌忙問道。

「應該是瑰道士告訴他的。」選婆說。

「瑰道士是誰？」羅敷忙問，身子從床上直起來。被子從她身上滑落，露出比早上的陽光更迷人的春光。但是她那滿頭的秀髮也隨即散落，像雲彩一樣籠罩身體，遮住乍洩的春光。

選婆嚥了一口口水。

「昨天晚上還沒有看夠嗎？」羅敷笑道，「你沒有聽到我的問題嗎？你說的那個瑰道士是誰？他怎麼知道我在這裡？除了那隻狐狸知道我在追尋牠之外，應該沒有其他人知道我來了這裡啊！」

「我也正猜這個瑰道士的身分呢？」選婆皺起雙眉說。

「他有什麼值得可疑的嗎？」羅敷意識到這個瑰道士不簡單。

「他剛到這裡的時候我就很懷疑，可是我的疑點被他一點點地化解了。他控制了我們村裡的那個紅毛鬼，又說了一段關於妳的故事。不過，他說的故事跟妳說的有很多出入。」選婆說，「妳講到那隻狐狸的時候，我就懷疑他是不是就是那隻狐狸。不過，他在天天家還捉過鬼，妖魔鬼怪是同一家，我想，如果他是狐妖的話，就不會捉鬼了。所以……」

「你給我說說他的長相。」羅敷打斷選婆的話，問道。

「要說他的長相啊，也非常的奇怪。他戴著一個奇怪的帽子。那個帽子大得離奇，不像遮陽的太陽帽，也不像擋雨的斗笠，而是像一把油紙雨傘。他穿的衣服也是古里古怪，像一件大雨衣，可是肩上還披著蓑衣。」

「他是不是長著一對尖聳的耳朵？」羅敷又打斷他的話。

「對對，他的臉也很古怪，好像皮膚不是我們這樣的皮膚，而是……」

「而是像白紙一樣的皮膚，是嗎？」

選婆驚道：「妳怎麼知道，妳見過他嗎？」

羅敷冷笑道：「何止是見過！他是我噩夢的根源。」

「妳的意思是……他就是那隻狐狸？」選婆目瞪口呆。如果瑰道士就是那隻狐狸的話，他豈不是成了狐狸的幫兇？他豈不是幫著羅敷的仇人對付羅敷了？他驚訝地看著羅敷，看著她腦袋是點下還是搖動。

羅敷的牙齒在打顫，當然不是因為害怕，而是因為仇恨。羅敷緩緩地點了點頭：「我可以確定，他就是那隻狐狸。」

而在同時，選婆的夥伴問爺爺道：「馬師傅，你確定瑰道士就是狐狸嗎？」

爺爺此時在選婆夥伴的家裡，臉色不好看，不知是因為病的緣故還是因為事情的複雜。爺爺點點頭：「他自稱為瑰道士，其實『瑰』字裡隱含著兩個字。這兩個字暴露了他的身分。他太自得，自作聰明，這正是他的缺點。」

「哪兩個字？王？鬼？」選婆的夥伴問道。剛才就是爺爺叫他去請選婆吃飯的，還假裝不經意說出是瑰道士告訴他選婆屋裡有美女。雖然之前爺爺並沒有向他解釋明白，但是他相信爺爺的眼光。在這周圍的居民裡，爺爺還是有很高的聲望的。

「你猜對了一半。」爺爺說。

18

「猜對了一半？什麼意思？」那位年輕人問道。

爺爺一笑，皺紋擰到了一塊兒：「應該倒過來唸，鬼，王。」

「鬼王？」年輕人皺眉道。他還是不理解爺爺的話。或者說，他理解了爺爺的話，但是不相信。

「對。他就是鬼王。不過他不是掌控百鬼的鬼王，而是百鬼的製造者、作孽者。」爺爺哆哆嗦嗦的手伸到上衣口袋，卻沒有掏出任何東西。奶奶事先把他的菸藏起來了。爺爺現在身體不好，抽菸會使病更加嚴重。

「什麼意思？我只知道鬼王是鬼的大頭目，不知道與您說的鬼王有什麼區別。」年輕人歪著頭問爺爺。如果當時我不是在學校，大概問這個問題的是我。

「這隻狐狸的性子特別惡。你應該知道，狐狸精一般指風騷的女人，這樣的女人喜歡勾引各種男人。對不對？」爺爺笑著問道。

年輕人點點頭：「這我知道。」

「與以往的狐狸精不同，這隻狐狸卻是男性的，但是牠同樣是個色性十足的人。由於牠的長相不像女狐狸精那樣迷人，牠勾引不到別人家的良家少女。所以，牠便變幻為女人喜歡的人的模樣，偷偷潛入女人的家裡，用這樣的方式滿足自己的慾望。」爺爺說。他捏了捏鼻子，那表示他的菸癮上來了。年輕人看出了爺爺的心思，掏出菸來敬給爺爺。爺爺卻擺了擺手。

爺爺接著說：「等被害的女人發現被玷污時，那隻狐狸早已經不知去向。在那個年代，貞潔比生命還重要，所以很多女人含羞自盡。正是由於這個原因，人間的冤鬼多了許多。這些冤鬼到處尋找生前的仇人——那隻狐狸。由於這些冤鬼是狐狸造成的，所以牠有了一個別稱——百鬼之王，又叫鬼王。誠如你所說，一般的鬼王是掌控百鬼的鬼官，而牠完全是創造百鬼的罪魁。」

「原來是這樣啊！」年輕人點點頭，「可是，牠是狐狸精啊！牠不是鬼啊！」

「這還要說到一件事。由於孤魂野鬼突然增多，地府的鬼官發覺了不平常，後來經過查問知道，原來陽間有隻特別的狐狸作怪。那些鬼官不能像我這樣捉鬼，它們不能待在陽間太久。它們便在陰間的命簿上一畫，讓那隻狐狸得了一種渾身糜爛的怪病，讓牠爛得皮肉骨頭分離。狐狸的肉身消失了，狐狸的靈魂便會歸順到地府，接受鬼官的懲罰。值得一提的是，人間的性病也是鬼官懲罰好色的人們的辦法，鬼官讓縱慾的人們承受痛苦。」爺爺說。

「那麼，那隻狐狸怎麼還在這裡呢？牠的肉體沒有腐爛掉嗎？」年輕人問道。

「鬼官在命簿上一畫，效果立即展現，那隻狐狸果然痛不欲生，身上的肉一塊一塊地腐爛起來，性命垂危。牠拖著糜爛的身體到處躲避冤鬼追逐的時候，確實差一點就要命喪黃泉接受懲罰。就在牠奄奄一息，就要斷氣的時候，正好碰到一家人在給亡者舉辦葬禮。那家人正在燒紙人的時候，狐狸突然變成一個渾身爛瘡的乞丐靠過去。人們被他嚇得四散，退避三舍。」

「果然是隻聰明的狐狸，難怪人們都說狐狸很狡猾呢！」年輕人猜到了狐狸的企圖。

爺爺點頭道：「在人們退散的時候，牠剛好只剩最後一口氣了，它撲倒在紙人上。也許牠早就開始偷學人間的道學了，所以牠深知靈魂轉體的機妙。於是，人們驚訝地看見一身膿瘡的乞丐倒下去，紙人在乞丐身下爬起來的過程。四周的人們被面前的情景嚇呆了，竟然沒有一個人敢近前來，眼睜睜看著紙人在眼皮底下溜走。等人們醒悟過來，拾起扁擔、石頭要打的時候，這個紙人已經逃之夭夭了。」

「所以我們看見瑰道士現在的臉像白紙一樣，原來就是白紙做成的啊！」年輕人驚道，眼睛瞪得比除夕之夜的燈籠還大。

爺爺又摸了摸鼻子，說：「牠就是用這樣巧妙的方式，躲過了地府鬼官的懲罰。牠的靈魂的附體是白紙，所以肉體腐爛的方式已經不奏效了。牠出現的時候總是頭戴斗笠，身披大雨衣，我猜是為了隱藏被火燒壞的痕跡。」

年輕人兩眼直直地盯著爺爺，嘴巴合不上。

爺爺繼續道：「之前，牠輕視所有對牠有敵意的冤鬼，可是，現在牠不得不膽怯其中的一個。」

「您是說，牠害怕選婆屋裡的那個漂亮女人？哦，不，漂亮的女鬼？」年輕人對爺爺叫他去找選婆有了幾分理解。

「嗯。」爺爺用力地回答。

「那牠制伏紅毛鬼是什麼意思？牠為什麼又到夭夭家捉鬼？」年輕人問道。

「牠到夭夭家捉鬼，只是為了證明牠這個瑰道士的身分沒有作假，讓你們相信牠沒有騙你們，並且控制紅毛鬼的時候沒人提出異議。至於紅毛鬼那邊，牠不是要制伏紅毛鬼，而是要利用紅毛鬼來對付女色鬼。那個女色鬼已經吸取了九十九個男人的精氣，當然不是當初的弱女子了。這個女鬼不再是哭哭啼啼的弱鬼，而是仇恨似海的討債鬼。」爺爺的眼睛裡透露著冷峻。

「討債鬼？」年輕人驚呼。歪道士深藏樓上躲避討債鬼的事情已經有很多人知道了，這裡許多人知道了討債鬼居然可以讓一個專門捉鬼的道士害怕，可見討債鬼是何等惡劣的鬼。

「對。這個女色鬼也算是一種討債鬼。可以說，她是幾種鬼性兼有的女鬼。所以對付起來非常麻煩。憑我一個人，根本不是她的對手。所以，我才請你來幫忙，用巧妙的方法來對付這兩個互相敵對的厲鬼。」爺爺看著面前的年輕人，眼光直探年輕人的心底。

「用什麼巧妙的方法？」年輕人攥緊了拳頭。

19

「什麼巧妙的方法？選婆來了就成功了一半。你看著就是了。」爺爺賣關子道。

「我相信選婆一定會來的。我按照您說的方法故意激他，如果他再不來就太不夠意思了。」年輕人自信地說。年輕人左轉右轉，不知道該幹些什麼。他拿起一個青花瓷的水壺倒上一杯茶，小心翼翼地遞給爺爺。

爺爺接了茶，輕輕地吹了口氣，卻抬起頭來擔心地問：「你確定選婆屋裡的女色鬼沒有聽出破綻來？你說了是瑰道士告訴你他屋裡有美女的嗎？如果不強調是瑰道士在算計她，搞不好她會想到其他人。」茶葉片片垂直立著，在綠色的茶水中上下小幅度漂動。爺爺看了看茶葉，又說：「好茶。」

「您就放心吧！選婆一定會來的。女色鬼也聽不出什麼來，我覺得我已經做得很好了啊！」年輕人在爺爺的疑問面前有些猶疑，話的底氣沒有剛才那麼足了，「他們應該聽不出問題吧？」

中午的時候，選婆果然來了。爺爺看見了他臉上的疲憊，不過，他的印堂光亮，眼眶周邊也沒有紫色，不像是被鬼吸了精氣的模樣，懸著的心頓時放了下來。

選婆顯然沒有料到爺爺也在這裡，見了爺爺不禁一愣，以為在作夢。他揉了揉慵懶的眼皮，問道：「馬師傅，是您嗎？您之前不是跟我說過不管這件事嗎？」

選婆的夥伴慌忙將房門掩上，將選婆拉進裡屋。

「你先出去一下吧！」爺爺拉住選婆的手，眼睛卻看著選婆的夥伴。那個年輕人愣了一下，便道：「您是說我？」

爺爺點點頭。選婆還是愣愣的，顯然他還沒有弄清楚這裡的狀況。夥伴本來是叫他來喝酒的，為什麼馬師傅也來了？為什麼馬師傅又叫夥伴出去？

「為什麼叫我出去？我還想聽聽您是怎麼捉鬼的呢！我還想學一點呢！」那人諂笑道。看了看爺爺的表情，那人又說，「好好，我不聽，我站在這裡總可以吧？總之您別叫我出去就可以了。」

選婆的腦袋還算轉得快，忽然明白了馬師傅來這裡肯定不是為了喝酒這麼簡單。於是，他也朝一臉不滿意的夥伴揮揮手道：「叫你出去你就出去嘛！騙老子來喝酒的事情還沒找你算帳呢！出去！出去！」選婆一邊說一邊將夥伴往門外推，然後「哐」的一聲閂上了門。

年輕人被推了出來，還沒有來得及回身反抗，門就從裡面閂住了。他失望極了，背靠門迎著陽光看太陽。太陽的光線很強烈，但是他並不躲開刺眼的陽光，直直地望著天上的火輪。

同時，他聽著屋裡兩個人的對話。

爺爺和選婆雖然趕出了他，但是防他的心並沒有放下。他們在屋裡說話的聲音很小，門外的年輕人只聽見戚戚的說話聲，卻不知道話裡的內容，一無所獲。

門外的年輕人看太陽看到眼睛裡幻化出了五種色彩的時候，門「吱呀」一聲開了。他差點跌進屋裡。

待他站穩了腳回過身來，他只看見馬師傅拍了拍選婆的肩膀，似乎囑咐了一個非常艱鉅的任務。而選婆卻努努嘴，似乎有些不情願。不過，選婆還是點了點頭。選婆的頭彷彿有一千斤重，頭點下去就抬不起來了。

他看著選婆一直低著頭跨出門，走進太陽光裡。地上的影子有些落寞。

「現在，你可以去將軍坡那裡幫我忙了。」爺爺望著選婆的影子，嘴又在吩咐這個年輕人了。

「你是說我？」這個年輕人搞不懂馬師傅什麼時候說的是他，什麼時候不是。他摸了摸自己的後腦勺。那個後腦勺很突出，是爺爺常說的聰明人的長相。

爺爺說，我出生的時候腦袋的後腦勺也很突出，像勺大糞的「吊子」。那時的農村廁所沒有下水道，就一個大坑。大坑上架兩塊木板，人的腳可以踩在上面，然後解決一時之急。當大坑裡的糞滿了，便要用「吊子」勺糞，將大糞做肥料倒進田地裡施肥。

爺爺說我的腦袋就像那個臭不可聞的東西。

我不知道爺爺看到那個年輕人的後腦勺的時候有沒有想到還在學校守著月季花的外孫。不過，我相信那個年輕人不希望爺爺看著他的時候想起他的外孫。至少，如果是我，我是不喜歡別人看著我的時候想到他的親人。比如，紅毛鬼。

山爹還沒有變成紅毛鬼之前，看著我的時候總是有一種異樣的眼神。我知道，他是把我看成了他的同年兒子。那種可憐而愛憐的眼神，我至今還不能忘懷，雖然它使我很難受。

我不知道，紅毛鬼在受瑰道士控制的時候，是否腦袋裡還有殘留的破碎的記憶，關於他的兒子，關於跟他兒子同年的我。

那個年輕人在將軍坡看到了許許多多的紅毛鬼。一個一個，姿勢各異。

他還看到了以前在這裡沒有見過的廟。廟的前面有一座特別大的鐘。那個鐘懸在一根細細的編織毛線上。

這個鐘少說也有四、五百斤重吧？這個受了爺爺囑託的年輕人想道。

可是這樣一個寺鐘居然懸在一根細細的毛線上！

鐘一動也不動，似乎在等待寺廟裡的和尚來敲響它。

可是——

他在這裡生活了二十多年了，從來沒有聽到過寺廟的鐘聲。他小時候在這個將軍坡放過牛，從來沒有見過這裡有一座雖小卻精緻的寺廟。

這個寺廟和這個鐘，彷彿雨後的春筍，一夜之間破土而出，屹立在他的面前！

還有，這麼多的紅毛鬼來自哪裡？剛看到那些作姿作態的紅毛鬼時，他差點嚇得轉頭就跑。可是，這些紅毛鬼用怒視的眼睛看著他，卻不靠近前來。

這裡，不是他熟悉的將軍坡。

20

年輕人回來了，帶著一臉的驚訝。他有很多的疑惑，這些問題堵在心裡，不吐不快。

「馬師傅，將軍坡那裡……」

爺爺做了個制止的手勢，年輕人便不再說話了。爺爺慈祥地看了看年輕人，或許由於那個「吊子」腦袋，爺爺把他當成了我，像平時吩咐我一樣吩咐那個年輕人：「我還有件事需要你幫忙。我自己暫時不宜出面。」

「什麼事？只要是您吩咐的，我又能夠辦到的，我馬上就去辦。」年輕人被將軍坡的一幕震撼了，此刻滿懷欽佩地看著爺爺的眼睛，似乎爺爺的話不是從嘴裡說出來，而是從眼睛裡說出來的。由於有病在身，爺爺的眼眶有些塌陷，但是絲毫不影響他的剛毅。只有在捉鬼到最艱難的時候，爺爺的眼睛才會發出這樣的光芒。

「事情不難。你能辦到的。只需你到瑰道士那裡去一趟，說一些跟今天早上你對選婆說的差不多的話。」爺爺說。爺爺眼睛裡的剛毅傳遞到了年輕人的眼裡，他變得自信了。

「好的。」年輕人說道，「您交代吧！」

在捉鬼之前，他們之間沒有過任何交往。最多年輕人因為爺爺在方圓百里的名聲，碰到爺爺的時候用欽佩的眼神多看爺爺兩眼，除此之外，沒有更深的交情。但是，此時的他們卻互相堅信對方，好似並肩作戰了多年的戰友。

「你去告訴瑰道士，就說選婆已經按照他吩咐的勾引住了女色鬼。為了不引起女色鬼的懷疑，選婆不好親自去告訴瑰道士，便叫你來轉告他一聲。」爺爺兩手互握，那表示他縝密的思維正在運轉。可是在平時的生活中，他是個不拘小節的人。

年輕人點了點頭。

「你還要告訴他，選婆已經從女色鬼的口裡得知，女色鬼今晚將去常山後面的將軍坡一趟。」爺爺接著說。

「將軍坡？」年輕人問道。

「是的，就在將軍坡。」爺爺幽幽地補充道，「就是山爹復活的地方，也是矮婆婆遭遇迷路神的地方。」

矮婆婆在將軍坡遭遇迷路神的事情雖然已經過去很久了，但是村裡所有人都對這件事情記憶猶新。直到我現在讀大學了，正在寫著這部記錄過去發生的事情的小說，村裡人還經常叮囑家裡的小朋友：不要隨便到將軍坡去玩，小心迷路，再熟悉的路也要看仔細了。

也許小朋友的心裡會非常的迷惑：為什麼熟悉到不能再熟悉的路，還要比走其他路更細心呢？當年給我講述故事的老人紛紛離世了，也許有當年還年輕現在卻垂垂老矣的人給他們慢慢解釋，將以前的歲月翻出來在嘴裡重新咀嚼，如同老牛反芻。

年輕人不懂爺爺提到將軍坡的時候，為什麼還要提到山爹復活和矮婆婆遭遇迷路神。他沒有時間問爺爺，因為他馬上要再次出門，前去瑰道士的居身之所——山爹生前住過的老房子。

年輕人趕到山爹的老房子前，看見瑰道士正坐在大門口曬太陽，眼睛眯成了一條縫。紅毛鬼則在房屋的陰影裡哀嚎，乍一看還以為是一頭剛耕完田上岸休息的老水牛。可是，這頭老水牛不是由一條韁繩牽著，而是由粗大的鏈子套住。年輕人不由自主地想起山爹生前的情景，由此生出一些傷感來。兒子做了水鬼，妻子為了給兒子超生也做了水鬼，而他，卻成了被鬼王控制的紅毛鬼。

見年輕人走來，瑰道士側臉給他一個笑。那個笑還是很得意的樣子，彷彿瑰道士從來就這一個表情。年輕人看見那個得意的笑便生出反感。過分的自信總是不會讓旁人舒服的。

「陽光真好啊！」年輕人沒有首先提起選婆，卻讚美今天的陽光。

瑰道士不答話，轉了臉去看陰影角落裡的紅毛鬼。

年輕人心想道，你得意什麼，你自己的身體都沒有了。如果不是寄居在紙人的體內，恐怕你現在也不敢這樣囂張地在太陽光下見人。他想，如果揭開瑰道士的雨衣，那些被火燒過的痕跡馬上就會展露在他的眼下。

「有什麼事嗎？」瑰道士終於說話了。

「選婆叫我過來的。」年輕人說，但是不急於把後面的話全部講出來。

「是嗎？」瑰道士終於感興趣地站了起來，「他跟你說了什麼？」看來他的疑心挺重。

年輕人按照爺爺吩咐的把話說完了。

「哦！原來這樣啊！」瑰道士點點頭，眼睛直探年輕人的眼底，好像意識到了些什麼東西。他的眼神如電一樣，閃著亮而熾熱的光芒。年輕人摒住呼吸直對他的目光，擺出若無其事的樣子。

年輕人能讀懂瑰道士的眼睛，他的眼睛在問：你告訴我的都是實話嗎？

而年輕人的眼睛告訴他：信不信由你！

終於，瑰道士縮回了目光，說：「謝謝你了。」也不等年輕人做任何反應，自顧牽了那條鏈子帶著紅毛鬼進了屋。紅毛鬼一直沿著屋簷下的陰影走，躲避著刺眼的陽光。進門的時候，紅毛鬼回過頭來看了年輕人一眼。天哪，真是太像了！跟將軍坡那裡的紅毛鬼簡直沒有兩樣！

年輕人不敢在那裡多站一會兒，急忙轉身離開。

回到屋裡，只見爺爺眉關緊鎖。手裡不知從哪裡弄來了一根菸。菸沒有點燃，只放在鼻子前來回轉動。

「接下來我們該怎麼辦？」年輕人站在爺爺面前問道。他的心裡沒有底。他感覺腳下輕飄飄地站不穩，整個人如一片鵝毛。

爺爺沉默了許久，終於從口裡蹦出一個字：「等。」那個字鏗鏘有力，像一顆實心的鐵珠，落在了年輕人的心底。於是，他輕飄飄的感覺消失了，雙腳穩穩地站在地面。

「好吧！等。」年輕人神色凝重地看了看外面的天色。

21

等待是一個痛苦的過程，而此時最痛苦的應該是選婆。

事後他每次跟我提起女色鬼的時候，總是一副極度痙攣和難受的樣子，說得不好聽點，彷彿一個難產的孕婦。他一方面覺得爺爺交代的事情是天經地義的，另一方面又覺得對不起救過他一命的羅敷。是的，當我們口口聲聲說那個女人是女色鬼，害死九十九個男人的女色鬼時，選婆的心裡還是把她當作溫柔善良而又可憐的羅敷。

事後選婆還覺得對不起的，就是爺爺。不過，短時間裡即將發生的事情，爺爺用手指就可以掐算到，即使姥爹的手稿裡沒有提到選婆也沒有關係。

或者這樣說，姥爹用他的算盤算到了選婆這個人將在女色鬼的事情中扮演一個非常重要的角色。但是他同時知道兒子的預知能力不會遺漏選婆，所以他覺得沒必要提到選婆，從而筆端略過了他。

天色漸漸暗了，但是山頂還有很亮的陽光，那是我們那裡山區特有的景象。

這個時候，選婆已經在飯桌上和女色鬼一起吃飯了。他想起了瑰道士那次跟他一起吃飯的情形。瑰道士只在飯碗上嗅了一嗅。那時選婆已經有了一點疑心，可惜被瑰道士冠冕堂皇地掩飾過去了。

他特意看了看羅敷的碗，裡面的飯少了一半。他便問道：「妳還真吃飯啊？」

羅敷一笑，伸出筷子夾了一根豆角，說：「我怎麼就不能吃飯？」

「可是瑰道士只是嗅一嗅。我聽老人說過了，鬼只吸走食物的氣味，但是不動食物的。」

選婆好奇地說。

「哦。你都知道啊！我以為你不知道呢！」羅敷尷尬地放下筷子，「我以為你不知道，所以故意假裝吃飯。我怕在你吃飯的時候只嗅一嗅的話，你會感覺不舒服。」

看見選婆的臉色有些不對，羅敷忙問道：「你這是怎麼啦？有什麼心思嗎？」

選婆揮了揮手，躲躲閃閃的。

「是不是中午在你夥伴家裡喝多了酒，現在腸胃不舒服了？」羅敷急急地問道。

選婆強顏作笑，用筷子指著外面的常山道：「妳看，整個村子都暗下來了，只有那裡還亮的。」

常山是這小塊地方最高的山，常山村就是圍繞它而建的，所以家家戶戶都可以從大門口直接看到雄偉的常山。羅敷順著選婆的指向看去，常山的頂上果然還有陽光，營造出一種神聖不可侵犯的效果。「這裡的風水很好啊！有這麼一座寶山。」

「一般的山都是尖頂，可是常山的頂是一塊很大的平地。」選婆望著山，淡淡地說。

羅敷不知道選婆為什麼忽然跟她談山，但是為了不讓他掃興，假裝頗有興致地點頭示意：「對呀，為什麼呀？為什麼常山的頂是平的？」她剛才沒有察覺到這些細節，現在仔細看去，在陽光籠罩下的常山確實像被削了尖角的圓錐。雖然遠遠地看去那個平地不到拇指大小，但是如果走到實地的話，肯定是一個很寬闊的地方。

雖然童年的我一直生活在常山周圍，但是在讀初中之前都不知道常山是平頂的。因為常山上有很多日本軍留下的金礦洞，家裡的大人不讓小孩子去常山上玩。直到初中一次郊遊，地點選在常山，我才第一次爬到常山頂上，才知道原來挺拔雄偉的常山是個禿頭。

平頂上沒有樹，只有齊膝的草。而平地之外的地方鬱鬱蔥蔥，高樹、怪石很多。如果從遠處看，平地被周圍的樹遮蓋，是很難看出常山的真面貌的。

「我原來也很奇怪，為什麼常山的頂是平的。後來老一輩的人告訴我，它是跟鷹嘴山相爭的時候被削去了山頂。」選婆說。

「跟鷹嘴山相爭？被削去了山頂？」羅敷聽得一愣一愣的。

「呵呵，這是一個傳說，跟神話故事一樣。」選婆若有所思地說道。

「什麼傳說？」羅敷顯然來了興致。她是一個可愛的女人，如果不是因為那隻狐狸的話。雖然我一直在學校沒能回來，自始至終沒有見那女色鬼一面，但是我這麼認為。

選婆做了個深呼吸，說道：「很久很久以前，常山和其他的山一樣，有個尖頂。而從常山向南方走三十里，那裡有另外一座高山。因為那座山的形狀像鷹的嘴巴，所以人們叫它鷹嘴山。方圓百里只有這兩座山最雄偉，也只有這兩座山最高。」

羅敷不懂選婆講這些給她聽有什麼意思，只愣愣地看著他。

「兩座山上各有一個山神。這兩個山神都有一顆好強心。常山上的山神看鷹嘴山的山神不順眼，鷹嘴山的山神也看常山上的山神不順眼。有一天，常山上的山神趁鷹嘴山的山神不注意，拉開一把大弓向鷹嘴山射了一箭。這箭射中了鷹嘴山的『嘴巴』，鷹嘴山就比常山低了一些。鷹嘴山的山神發現自己的山變矮了，大發雷霆，舉起一把大劍朝常山砍來。這劍不偏不倚，將常山的尖頂削到九霄雲外去了。」

「呵——」羅敷從鼻子裡發出一聲，不知是嘆息還是可憐。

「從此，常山的頂就只剩一個大平地了。它們兩敗俱傷，都沒有得到好結果。」講完，選婆用乞求的眼神看著羅敷。羅敷從他的眼裡讀到了他想傳達的資訊。

「你的意思是，如果我跟瑰道士相鬥，必定會兩敗俱傷，都吃不到好果子。是吧？」不等選婆做出回應，羅敷又狠狠道：「可是你想想，如果常山上的山神射了鷹嘴山一箭，而鷹嘴山的山神不以牙還牙的話，它會憋屈一輩子的。你知道嗎？」

「妳今晚不要出去！馬師傅今晚就要動手了！」選婆見無法勸解羅敷，竟然沒有照爺爺吩咐地做，卻將爺爺的計謀全盤托給了羅敷。

22

「馬師傅？你說的是畫眉村的那個馬師傅嗎？」羅敷聽了選婆的話，目瞪口呆。

「對，就是那個馬師傅。他要我今晚把妳帶到將軍坡去，然後他將瑰道士也引到將軍坡。等到你們倆相鬥到兩敗俱傷了，他才出面將妳和瑰道士一起制伏。」選婆道，「所以我才講山神的故事，是希望妳不要再跟瑰道士相鬥了，不然……」

「不要說了，我說過我不會放過那隻狐狸的！」羅敷憤憤道。

選婆噤聲了。

「我跟那個馬師傅說過了，叫他不要參與這件事情的呀。他為什麼不肯聽我的勸告？」

羅敷揉了揉太陽穴。

「是妳勸了他？」選婆驚訝不已，「難怪他之前不答應參與這件事情的呢！」

羅敷點頭道：「對。我來這裡之前已經勸過他了。我聽許多鬼友說過他的父親，天文地理，無所不知，無所不曉，死後還擔任著鬼官，剛正不阿，值得敬佩。所以我才事先提醒他不要參與到這件事情中。因為他根本不是我的對手。而要對付瑰道士的話，他更加不是對手。如果他聽了我的勸告還不收手的話，那麼他就是自討苦吃了。」

「他不是妳的對手？」選婆驚問道。在他眼裡，只要是鬼，不管是什麼種類的鬼，馬師傅就可以輕易制伏。天底下沒有馬師傅收拾不了的鬼。所以，當他知道馬師傅要對付女色鬼時，才會擔心羅敷的安危，甚至假借山神的故事來勸解羅敷。

「您不是她的對手？」選婆的夥伴也驚問道。當然，他是在自己的家裡，羅敷和選婆都聽不到。

爺爺一笑，點了點頭。

「那我們不是白忙了嗎？」這個年輕人的手哆嗦起來，他擔心爺爺失敗後女色鬼和瑰道士都會找他秋後算帳。馬師傅都對付不了，更何況他？到時候豈不是死得很難看？

爺爺一笑，搖了搖頭。

「馬師傅，您就別耍我了。我問您是不是打不過它們，您點頭。我問您我們是不是白忙了，您卻搖頭。您能不能告訴我到底是什麼意思？」年輕人有些坐不住了。將軍坡的遭遇確實給了他很大的震撼，但是爺爺親自承認不是兩個鬼的對手，無疑給他的熱情潑了一盆冷水。他抱住頭坐了下來，一臉的苦相。

「年輕人，為什麼老人的牙齒掉光了，舌頭卻還完好？就是因為牙齒一直是硬碰硬，而舌頭是軟溜溜的。所以再堅固的牙齒也會先掉落，而舌頭卻可以完好地保持下來。」爺爺的眼睛裡閃出智慧的光芒，在昏暗的房間裡如兩盞搖曳的燭火。

最先忍不住的是瑰道士。他見太陽落山，便立即牽了紅毛鬼的鏈子出門，往將軍坡那裡趕。多少年來，女色鬼一直是他的噩夢。它像一條記仇的毒蛇一般尾隨著自己，說不定在他掉以輕心的時候給他致命一擊。

他傷害的女孩子不計其數，幾乎所有的女孩子要嘛忍辱一生，不敢告人，要嘛含羞而死，化作了冤鬼。但是沒有一個像羅敷這樣對他窮追不捨。他也遇到過意欲報仇的冤鬼，可是由於實力懸殊，再怎麼報復也不過如螞蟻狠狠咬了大象一口，無關痛癢。要命的是這個羅敷藉助採陽補陰的道術，實力漸漸增長，甚至可以與他一爭雄雌。令他不得不時時刻刻防著羅敷的報復。

可是現在不同了，他控制了紅毛鬼，等於給勝利增加了籌碼。紅毛鬼的爆發力驚人，兩個女色鬼也不一定是它的對手。而這個重量級的籌碼，就由一個鏈子牽在手裡。他握著那條鏈子，似乎勝利在握。

白天曬太陽時那個年輕人給他帶來的消息實在令他振奮。他告訴選婆的古詩果然起作用了，他已經算到女色鬼那晚會來，但是沒算到這麼快選婆就得手了，真是天助我也。一直以來的噩夢即將結束，他怎麼能不興奮？

他踩著興奮的腳步，匆匆地趕向常山背後的將軍坡。

當他來到將軍坡前面時，月亮已經升上來了。殘月如鉤。山上的樹木在地上投下了影子，腳下的路就斑駁了，黑的是影子，白的是月光。瑰道士看了看天空的月亮，魚鉤一般的月亮懸掛在他的右上方。他無心去看今晚的月亮有多美，只看著腳下的路延伸到將軍坡的密林深處。他手裡的鏈子在寂靜的夜裡發出輕微的聲響。

這條路，究竟是通向天堂，還是通向地獄？

待在選婆家裡的女色鬼也是眼看著太陽下山，月亮升空的。她不明白那個姓馬的老頭子為什麼不聽她的勸告，不怕她的威脅。

這時，屋外響起了腳步聲。從腳步聲聽來，來者有兩個人。有人問道：「選婆在家嗎？」

「在啊，怎麼了？」選婆在屋裡回答道。

「哦，在啊。前些天我借了你家的打穀機，今天來還給你了。」外面的人說。

選婆疑心很重，他確實在前幾天借出了打穀機，但是還是在窗戶看了看外面。外面果然有一個倒置的打穀機緩緩向門口走來。

如果你在南方看見過收割稻穀的工作，就知道人們是怎樣搬運打穀機的了。打穀機由給稻穗脫粒的滾筒和裝稻穀的箱桶組成。滾筒是圓柱形的，箱桶的形狀跟貨車的車廂一樣。滾筒就安置在「車廂」的一側。由於整個打穀機的重量幾乎都在滾筒上，搬運打穀機的時候如果由兩個人平抬，那麼一個人幾乎用不到力量，而另外一個人相當吃力。

所以搬運的時候往往將打穀機翻過來倒置，一人用肩扛滾筒那頭，一人則鑽在「車廂」裡面扛住另一頭，其架勢有如玩獅子。

選婆看見外面的兩個人就是這樣扛著打穀機走過來的。走在前面的那個人正是前些天借打穀機的人，而後面那個因為鑽在「車廂」裡，根本看不到上半身。

23

「是前些天借了我家打穀機的人。」選婆在屋內對羅敷說道，叫她不要擔心。

「哦！那你出去看看吧！不要讓他們進來看見我了。」羅敷放下心來，囑咐選婆道。

選婆對屋外的人喊道：「你們就把打穀機放在外面吧！我明天自己再弄進來。」

屋外的人卻回喊道：「選婆你真是的，就算放下來也要你來幫忙扶一下啊！我們這樣扛著怎麼鑽出來？」用過打穀機的人都知道，當打穀機倒置著抬到田地裡去或者抬回來後，抬打穀機的人自己是很難從倒扣的「車廂」裡鑽出來的，需要人在旁邊協助翹起「車廂」讓他們鑽出來。

選婆沒有辦法，只好開門出來幫忙。

前面那個人彎腰朝選婆身後看，卻又喊道：「屋裡的另外一個人是誰啊？也出來幫幫忙吧！這打穀機吃了水，重得很呢！選婆一個人恐怕翹不動！」我們那裡的方言「吃了水」意思是「滲透了水」。吃了水的打穀機比平時要重一倍多。

羅敷以為自己躲在看不見的角落，卻不知外面的人怎麼就看見了。難道他的眼睛能轉彎？不過既然已經被看見了，為了不引起外面人的疑心，她只好微笑著走出來。

「是你家遠房的親戚吧？是表妹還是表姐？」這個抬打穀機的人沒有上午來的那個夥伴那樣油嘴滑舌。看來他不知道這是個女鬼，還把女鬼當作了選婆的遠房親戚，這樣也替選婆省了找藉口的麻煩。

「嗯，遠房的表妹，很少到這裡來的。」選婆一邊扶住打穀機一邊假裝平靜地回答。

「哦！那有勞這位貴客了。」那人滿含歉意道，「還要麻煩妳幫忙扶住打穀機的另一邊了。對，就是選婆對面那邊。扶好了哦！」

羅敷見來者對她沒有產生疑問，便按照他的吩咐扶住了打穀機的另一面。

「扶好了沒有？」那人問道。

羅敷說：「扶好了。」

「那你出來吧！馬師傅。」那人突然說。羅敷和選婆臉色馬上變了！

還沒等羅敷做任何動作，還在「車廂」裡的爺爺奮力掀起打穀機，一同前來的人立即配合爺爺的力量掀起了打穀機的另一頭。打穀機像個倒扣的盒子，迅速朝旁邊的羅敷扣去！猝不及防的羅敷輕易就被打穀機的箱桶扣住了，其情形如同我小時候用火柴盒捉土蟈蟈一樣。

接著，打穀機的箱桶裡響起了「咯咯咯」的雞叫。接著是羅敷驚恐的尖叫聲。原來爺爺來的時候還帶了隻雞。之前爺爺一直捏著雞的尖嘴，沒讓牠發聲。

如果各位讀者還記得前面的內容的話，不難知道女色鬼具有蜈蚣的習性。而蜈蚣的天敵就是長著尖嘴的雞。羅敷最怕的也是平民百姓家裡養的雞。選婆也許不知道這點，但是爺爺最熟悉鬼的習性了。

「原來是你！」選婆這才看清楚打穀機後面直露半個身子的人原來就是捉鬼的馬師傅！他還以為馬師傅在將軍坡等待著他將女色鬼帶過去呢！

「你要把羅敷怎樣？」選婆大喊道。

爺爺並不搭理選婆，冷靜地對那個同來的人說道：「你按住箱桶的那頭，我按住箱桶的這頭，不要讓女色鬼出來了。過不了一會兒，她就會被雞制伏了，用不著我們動手。」

「你要把她怎麼樣？」選婆心疼地喊道。

與爺爺一起來的人勸選婆道：「你是人，她是鬼，你們不可能在一起的！趁早死了這份心吧！馬師傅早知道你不會聽他的，才叫了我來用這招。哎喲，我這肩膀抬打穀機都抬腫了！」他說完，用力地揉肩膀。

羅敷的驚叫聲又傳了出來。選婆急紅了眼，他見那個人正在揉肩膀，趁機抬住打穀機的一角，使出吃奶的勁往上猛地掀起。

箱桶立即露出很大一個空隙。

羅敷像一陣風一樣立即從那個縫隙裡逃脫出來了，驚慌失措的她連忙逃跑。在蒼茫的夜色下，她的身體像橡皮筋一樣拉得很長。她的影子也拉長了，像極了一條碩大的蜈蚣，長長的身子，數量多得驚人的長腳。選婆見了地面的影子也大吃一驚！

「不要讓她逃了！」爺爺大喝一聲，急忙朝著飛馳的影子追過去。一同抬打穀機的人立刻跟在爺爺後面奔跑。只有選婆傻傻地站在那裡。也許剛才那可怕的影子嚇住他了。也許只看到羅敷溫柔一面的他從來沒有想像過她恐怖的一面。那一刻，他想到了一個成語——人鬼殊途。

他傻傻地看著爺爺和那人一起追過去，最後消融在無邊的夜色裡。他感覺自己的心像敲碎的冰塊一樣破碎，然後在這夜色中漸漸融化，融化成為一攤冰冷的水。這水漫延到了他的每一根神經末梢。

他像虛脫了一般，面目蒼白地回到自己的屋裡。

「羅敷？」他對著空空的房間輕輕地喊道，似乎羅敷此時還躲在他的房間，等他敷衍走了外面兩個抬打穀機的人回來。他期待著羅敷聽到他的呼喊後會從某個角落裡突然現身，然後在他肩上一拍，然後溫柔地說：「你緊張什麼，我還在這裡呢！」

「羅敷？」他又輕輕地喊道。可是屋裡空空的，沒有人回答他的呼喊。對他來說，羅敷來到這間屋子裡已經像一場夢，而羅敷的離開，也只是夢醒而已。

他用顫抖的手指在空氣中胡亂撫摸，彷彿空氣中還有羅敷殘留的印記，彷彿他可以從空氣中分辨哪些含有羅敷的氣息，哪些含有他自己的氣息。這兩種氣息混合在一起，充斥在這個小小的空間。

他又想起了那雙水靈靈的眼睛，想起了那些激情四射的夜晚，想起了自己被小白蛇咬到之後羅敷給他吸毒血的畫面。他的眼睛有濕潤的液體流了出來。

「羅敷，我要救妳！」選婆攥緊了拳頭，忽然轉身衝出了門，朝羅敷逃跑的方向追了過去。

天空的圓月，冷冷地看著這一切，不為人間的悲歡離合而喜怒哀樂。

24

圓月照著女色鬼，也照著瑰道士和紅毛鬼，還照著世間萬物。

瑰道士急急忙忙拉著紅毛鬼來到將軍坡，鼻子像狗似的用力吸著夜晚潮濕的空氣，他想在空氣裡尋找到女色鬼的氣息。紅毛鬼的眼睛裡如燃燒了一堆柴火，他所看到的地方都顯出暗紅的顏色，那是他的眼睛發射出來的光芒。

他只看到了無數千奇百怪的姿態的樹，沒有看到那個年輕人看到的寺廟建築。他只聞到了青草的味道，沒有聞到女色鬼的氣息。

他拉了拉紅毛鬼的鏈子，促使紅毛鬼緊跟他的步伐。

難道女色鬼會隱藏自己的氣息？他心中迷惑。他相信他在選婆面前的表演完美無缺，選婆不可能看出破綻的。事實上，選婆如果不是聽了女色鬼的故事，也絕對不知道事實的真相。只是，瑰道士忽略了那雙水靈靈的眼睛的作用和那首古詩的強大預示力量。

「停。」瑰道士突然甩了一下手中的鏈子，示意紅毛鬼不要動。

一陣熟悉而可怕的氣息像飄浮在空氣中的灰塵一樣鑽進他的鼻子。他吸了吸鼻子，她來了！他的生死冤家終於來了！越來越清晰的氣息從空氣傳進他的鼻子，他知道那表示女色鬼正在逐漸接近將軍坡。

他猜得沒錯，從箱桶中逃脫的女色鬼正慌不擇路地朝瑰道士的方向狂奔，跟隨在女色鬼後面的還有兩個人，其中一個是爺爺。

女色鬼的氣息越來越濃。瑰道士能從那個氣息中辨別出對手的實力。以前，那個氣息如腐肉散發出的味道，那表示對手新死，不會掩飾，味道雖臭，實力卻羸弱不堪，不值得一提。後來，那個氣息如爛泥散發出的味道，那表示對手已經擺脫了對肉體的依靠，實力也稍長，可是仍然掩飾不了隱約的腐味，也不必認真對待。再後來，那個氣息如春天的泥土散發出的味道，那表示對手已經不再是一般的鬼，它開始具有巨大的潛力，像即將趁著春天生長萬物的泥土，蘊涵了強大的生命力，不過由於它還在發展階段，並不具備與他對抗的實力。不過，此時瑰道士知道，他的對手不可輕視了。他必須遏制它的蓬勃發展。

而現在，他聞到的氣息又有改變了。那個氣息竟然蘊涵了四、五分的人氣，它已經懂得隱藏鬼性了。可見，現在的女色鬼已經實力大長。雖然女色鬼也許仍然不能將他置於死地，但是瑰道士可不想兩敗俱傷，或者說，他不想自己受傷，一點傷也不願意受。他要藉助紅毛鬼的實力與女色鬼對抗。而他自己，卻只做紅毛鬼背後的對抗者。

得找個地方藏起來，瑰道士心想道。

他不想直接暴露在女色鬼的視線之下，或許等女色鬼來的時候給她一個突然襲擊更好。那個隱藏在紙人體內的狐狸的狡猾本性顯露出來。是的，他不可能直接跟女色鬼對抗，就像當初他不可能直接跟窮秀才找麻煩，而要使用更陰更損的方式。

瑰道士不再細緻地走一步看一步，他拉著紅毛鬼的鏈子急忙尋找合適的藏身之所。慌張的程度不亞於當初在將軍坡尋找回家的路的矮婆婆。

也許，他知道來者不只女色鬼一個，他可能已經聞到了爺爺的氣息，也聞到了爺爺後面那個人的氣息，可是，他沒有聞到這裡還隱藏一個氣息。從遠處飄來的氣息讓瑰道士集中了注意力，可是他卻忽略了離他更近的氣息。當然，離他更近的氣息也不是紅毛鬼的氣息。這個氣息，長年飄浮在將軍坡以及將軍坡的周圍。

女色鬼被剛才的箱桶裡的雞嚇得魂不守舍。也許用「魂不守舍」形容她的害怕並不合適，因為她的魂早已經離開了做為「舍」的肉體。現在的她只有魂而沒有舍。是的，她天不怕地不怕，生活的苦難和仇恨已經使她不再是懦弱可憐的千金小姐，也不再是養尊處優的官家夫人。但是，她的蜈蚣習性使她見了雞如老鼠見了貓一般，是一種天生的恐懼感，沒有理由的恐懼感。

她在月下狂奔，她低頭一看，自己的影子已經漸漸幻化成為蜈蚣的影子，千萬隻腳和長長的身子也令自己怵目驚心。

她並不知道這裡的山的名字，只記得選婆之前跟她談到了那座高大的常山。她不管三七二十一，直接跑向常山旁邊的那個小山丘。那個小山丘似乎也正在呼喚她，來吧！來吧！快進來吧！羅敷！

她跑進了將軍坡，不料看見了一座小寺廟，她立即停住了腳。這裡怎麼有一座寺廟？她敢在白天潛入人家的屋，殺害屋裡的男人，卻不敢在深夜進入沒有人的寺廟。

她急忙收住腳步，回頭看了一看，馬師傅和那個抬打穀機的人也追來了。她的臉上綻放一個冷笑，馬師傅，我說過你不要干預進來，你偏偏不聽，如果不是看在你父親的靈魂的份上，我連事先打招呼的警告也不會給。既然你一定要參與，就別怪我手下不留情了。

爺爺和那個人追到了將軍坡，和女色鬼隔一段距離站定。爺爺和那人氣喘吁吁。

爺爺和女色鬼對峙著，目光冷冷的，一如今夜的月光。

「馬師傅，您何必跟我過不去呢？」女色鬼先開口說話了。

爺爺喘著氣說：「不是我跟妳過不去，妳是鬼，就應該待在鬼應該待的地方，不要在人的世界裡攪和。妳的冤情我知道，可是妳想過沒有，九十九個男人的家庭也因為妳而產生不幸。妳的悲劇已經被妳自己擴大了九十九倍。」

女色鬼道：「我只是藉助九十九個好色男人的精氣來對抗我的仇人。」

爺爺說：「不，如果我不將妳收服，妳還會將這個數字擴大到一百。」

女色鬼忽然把眼光從爺爺身上移開，向爺爺的背後看去。因為，一個人正在爺爺背後悄悄靠近爺爺，手裡舉著一根大木棍。爺爺和那個抬打穀機的人渾然不覺。

25

那個人正是選婆。他手中的大棍也許是在追來的路上撿到的。他要挽救自己心愛的女鬼，不顧一切。

選婆舉起大棍朝爺爺的後腦勺掃去。就在同時，爺爺似乎是有意又似乎是漫不經心地朝前跨出一步。選婆的大棍幾乎是挨著爺爺的頭皮擦了過去。跟爺爺一起來的那人驚呼危險，可是想挽救已經來不及了。

事後，選婆跟我講起當時的情景仍然心有餘悸。他說，當時的自己已經無法控制了，著了魔似的只想解救羅敷，根本不考慮到解救羅敷會造成什麼樣的後果。

他還說，他揮著大棍朝爺爺的腦袋打去時，只覺大棍揮空，一個趔趄使自己差點跌倒。他沒有想到，爺爺邁出的那一步，剛好是選婆大棍的力所能及的長度。要是爺爺不跨出那一步，恐怕早已頭破血流，生命垂危。他驚嘆道，馬師傅居然能在背對他時仍然預算到會遭到攻擊，並且那一步恰恰是大棍攻擊的範圍之外，真是令人佩服。

我問爺爺，你當時怎麼就料到選婆會攻擊你呢？你怎麼預算到木棍的長度還有木棍的攻擊時間的呢？

爺爺給我一個捉摸不定的笑，並不給我答案。

跟隨爺爺一起去對付女色鬼的那人，見選婆的大棍掃過，心料爺爺難逃厄運，在選婆一個趔趄還沒站穩時，飛身撲倒選婆。

「選婆，選婆，你醒醒，你發瘋了嗎？你居然要為了一個女鬼打死馬師傅？」那人撲在選婆身上大聲喊道，「咣咣」給了選婆幾個大耳光。

選婆掙扎著對羅敷大喊：「快跑！快跑！」

女色鬼不但沒有趁機逃跑，反而回身來，一掌打在那人的背上，將選婆扶起來。那人滾到一旁「哎喲哎喲」直叫喚。

「撲撲，撲撲……」

被女色鬼打傷的那人聽見幾聲爆炸的聲音，只見女色鬼應聲而倒。他不明白事情發生了什麼樣的轉機，慌忙忍住疼痛爬起來看。他看見女色鬼的腳下發出幾道微光，如同螢火蟲的尾巴，但是微光一閃即逝。

選婆忙俯身去扶女色鬼。「妳這是怎麼了？」他急忙朝羅敷喊道，雙手摟住女色鬼的肩膀。女色鬼如同一條死去的軟蛇，軟塌塌的任由選婆搖晃。

「符咒！」女色鬼弱弱地回答，她的臉色變得煞白。「我們中了符咒，這是雷電系的符咒。看樣子我逃脫不了了。」她的眼淚流了下來。

選婆這才發現，腳下的草叢裡有許多紙屑，紙上面畫了歪歪扭扭的既不像字也不像畫的東西。先前他並沒有注意到這些紙屑。這些紙屑正是爺爺花了大工夫畫出來的。

選婆咬牙將羅敷扶起：「我們走，不要怕。鬼怕符咒，但是我不怕符咒。我背妳走，我抱妳走，就是抬也要抬妳走。」選婆將羅敷像一袋大米那樣扛了起來，邁開沉重的步子想逃脫。羅敷趴在他的身上，聽任選婆擺佈。

「撲——」又是一聲。選婆的腳下閃現一陣微光。選婆突然失去平衡，跪倒在地。女色鬼也從他的肩膀上摔落下來。

「這符咒不只對鬼有效，對人也有效。」羅敷虛弱地看著選婆說，「他們早已經安排好了的。我們恐怕很難逃脫了。這是一個周密的安排，看來，有誰早已預料到了這一切。」

選婆兩眼淚流成河：「妳不是女色鬼嗎？妳不是已經吸取了九十九個男人的精氣嗎？妳不是可以跟瑰道士對抗嗎？現在怎麼被這點符咒給屈服了？妳站起來啊！妳站起來啊！」

女色鬼抬起一隻白皙的手，輕輕撫弄選婆的臉頰：「我想，我的對手不是瑰道士，也不是馬師傅，而是另一個幕後操縱的人。他從來沒有在我面前露過面，但是他知道所有這一切。」

「他是誰？」選婆抹著眼淚問道。他抬起頭來環顧四周，並沒有發現羅敷說的那個掌控一切的人。

「我也不知道。」羅敷嘆氣道，「馬師傅說得對，雖然我受了傷害，但是我把傷害擴大了九十九倍，擴大到了九十九個家庭。但是……」

爺爺走到選婆和羅敷的面前，手裡提著一個大鐘，是寺廟前面的那口大鐘。重達幾百公斤的寺鐘，爺爺一隻手就提了起來。那個跟隨爺爺的人反手撫著背心一拐一拐地跟在後面。

羅敷把眼光從選婆身上挪開，直直地看著爺爺，用乞求的口氣道：「馬師傅，雖然我擴大了傷害，我得到報應無怨無悔，但是……」羅敷的聲音哽咽住了。

「孩子，妳說吧！」爺爺慈祥地看著躺在地上的女色鬼，沒有嚴厲的眼神，也沒有嚴厲的語氣，卻是一派溫和地叫喚女色鬼為「孩子」。

女色鬼此時不再怒目相對。常言道：鳥之將死，其鳴也哀；人之將死，其言也善。她頓了頓，道：「但是，怨結的源頭，還請您……」

爺爺揮了揮手，叫女色鬼不用再說了：「我知道，瑰道士我也不會放過他的。」

爺爺後面那個人此時被面前的情景感動：「妳放心吧，我們知道妳是個好鬼。不然選婆也不會這樣維護妳。妳的厲行都只為報復瑰道士。馬師傅常勸人不要心懷怨恨，但是造成這種悲劇的始作俑者也得不到好下場的。妳就相信馬師傅吧。」

爺爺點了點頭。

「孩子，安息吧！黃泉路上不要再折回來了。」爺爺一面說，一面將手中的大鐘罩下，將女色鬼扣在其中。

選婆頓時嚎啕大哭。

鐘內也傳來女色鬼隱隱的哭聲。

「馬師傅，您打算讓羅敷的靈魂永久地關在這個大鐘裡面嗎？」選婆抓住爺爺乾燥的手問道，他已經是眼淚婆娑了。

跟爺爺一起來的那人卻催促道：「快走，快走，瑰道士大概到常山頂上了。」

26

爺爺笑道：「不急不急，先把這裡的寺廟處理了再說。不然，一旦明天下雨的話，這些東西可就完了。」

「也是啊，這些都是紙做的。今天的月亮也長了毛，大概明天沒有什麼好天氣。」跟隨爺爺一起來的人抬頭看了看月亮。月亮的邊緣暈暈乎乎，彷彿發了霉的豆腐一樣長了一圈毛。那表示第二天的天氣不會晴朗。

「這些寺廟都是紙做的？」選婆猛然抬起頭來看爺爺，眼神裡都是迷惑與疑問。

爺爺點了點頭：「都是文天村那個幫做靈屋的老頭子做的。真是難為他了。我給他手工費他也不要。」

「剛才馬師傅提起大鐘的時候你應該可以看出來啊！不然，你真以為馬師傅可以單手提起幾百公斤重的大鐘啊？」那人笑道。可是選婆的臉上始終擠不出一絲笑容。

選婆環顧四周，寺廟的一磚一瓦都栩栩如生。剛才馬師傅手裡提的大鐘，那也是像得絕了。做這些紙屋和紙鐘的人，真是神仙一般的手藝。

我在聽選婆事後講述時，心裡癢癢的，特別想親眼去看看文天村那個冥間建築師的作品。因為一般的葬禮上，靈屋和紙人都做得很粗糙，並沒有活靈活現的那種感覺。當然了，這不能怪他因為價錢低就做工馬虎，因為人死不是有計畫的，而是突發事件，所以辦喪禮的人家要靈屋和紙人的時候都是急用，哪裡有時間給它精打細磨？

當然，我自始至終沒有看到讓選婆的夥伴，讓選婆，讓跟爺爺也一起捉女色鬼的人，甚至讓爺爺自己都驚嘆的紙質建築。那個建築到底巧妙到了怎樣的程度，竟然讓女色鬼都誤以為真，放著好好的逃跑路線都不敢跑了。

爺爺從兜裡掏出一根火柴，劃燃，然後像平時的葬禮上燒給亡者冥物一樣，點燃了乾燥的紙和竹篾。血光之火立即竄了上來，在風裡發出「呼呼」的聲音。這些精緻到極致的寺廟和大鐘，慢慢在烈火中熔化消失。

選婆一把抱住爺爺的腳，大喊道：「馬師傅，馬師傅，你不是要把羅敷給活活燒死嗎？你怎麼可以這樣殘忍？你可以收服她，你也可以懲罰她，但是不要用這樣殘忍的方式，好嗎？我求求你，不要這樣燒死她，好嗎，馬師傅？」

爺爺後面的人反駁道：「什麼叫活活燒死？她本來就是一個女鬼，不是活人。怎麼能說是活活燒死呢？」

爺爺的臉上泛著火焰的紅光，眼睛裡的火焰也在隨風跳躍。爺爺扶起選婆：「你沒有去過香煙山吧？你沒看出來這是跟香煙山一模一樣嗎？」

選婆跪倒在爺爺跟前，他用仰視，爺爺用俯視的角度互對著。選婆愣了愣，不懂爺爺話裡的意思。選婆眨了眨眼睛，張了張嘴，卻說不出話來。

「我知道你的心裡有疑惑。那我告訴你吧！這些紙被火燒掉，並不是簡單地燒成灰燼了，而是將它們一起送入地下的過程。這樣做只是要將羅敷送回她應該在的地方。這也是簡單的靈魂超渡。你就放心吧！如果你想她，可以去香煙山看看她。」爺爺俯視著仰頭的選婆，兩個人的眼睛裡都閃爍著火紅的光芒。

跟隨爺爺的那人打斷道：「好了，馬師傅，我們該走了。常山頂上只有他一個人，我怕他應付不過來哦！您倒不急，可是我急得兩腳都要跳著走路了。」他，指的是白天那個選婆的夥伴。

在爺爺和另外一個人抬著打穀機往選婆家走的時候，選婆的夥伴帶著幾隻挑選好了的大狗正往常山頂上趕。

這些狗都是渾身黑毛，但是眼睛周圍都是一圈白色，彷彿戴了一副眼鏡。選婆的夥伴不知道馬師傅為什麼要他帶著幾隻這樣的狗到常山頂上去。他記得，馬師傅跟他交代的時候說瑰道士和女色鬼都要去將軍坡。那麼，叫他去常山頂上幹什麼呢？

但是時間緊急，他沒有向馬師傅提問，所做的只是點頭照辦。在爺爺叫來另外一個人抬起打穀機時，他也正好上路。

一路上，狗吠不已。但是狗吠聲並不能讓他心頭的問號消隱。白天，他去了趟將軍坡，馬師傅叫他過去看看文天村的老頭子完工沒有。他一進將軍坡，居然發現這裡多了一個寺廟，寺廟前面有一個大鐘。離寺廟不遠，差不多就二十來步吧！居然立著五、六個紅毛鬼。那模樣跟山爹現在的樣子簡直是一個模子裡刻出來的。

這一切的跡象，表示今晚在將軍坡將有重要的事情發生。他以為馬師傅會讓他跟著去「刺激」一把。可是，馬師傅偏偏叫了另一個人去抬打穀機，而不是他。他卻被支使到冷清的常山頂上去。

而選婆的夥伴正往常山頂上趕時，瑰道士拉著紅毛鬼已經到達了將軍坡。瑰道士急急地在將軍坡的叢林裡躲藏了半天，就是沒有找到女色鬼。他始終沒有抬頭去看一看頭上的月亮，也不曾低頭去看一看腳下的月光。他的錯誤就是——過於自信。

瑰道士嗅到了女色鬼的氣味，並且那個氣味越來越靠近，但是瑰道士就是沒有看見女色鬼的到來。他不禁心急火燎。

他確定，女色鬼就在近處。他們之間的距離也許不過二十多步，或者更少，可是，眼前的一切告訴他，他的判斷錯誤。因為，鬼影子都不見一個，哪裡來的女色鬼呢？

但是，為什麼鼻子嗅到的氣味這麼濃烈呢？難道是感冒了？不對，感冒了鼻子就更加不靈了啊！更何況，自己的身子不是肉身，而是紙做的，根本不可能得感冒之類的病嘛！

瑰道士就像一隻迷茫的狗，明明嗅到食物的香味就在鼻前，可是搖著尾巴找了半天也沒有看見預想中的食物。

他終於耐不住性子了，他叫紅毛鬼繼續待在原地，自己走出遮蔽，左看右看。他回過頭來，突然懷疑自己的眼睛是不是出問題了，眼前居然出現五六個紅毛鬼！

27

「我中圈套了！」瑰道士驚呼道。

這是怎麼回事？瑰道士先前的自信已經丟了一大半。怎麼可能出現這麼多個紅毛鬼？剛才女色鬼的氣味又是怎麼回事？為什麼？為什麼？他驚慌失措，往左看看，往右看看，不知道發生了什麼事。但是有一點是肯定的，自己已經身陷困境了。

心一慌，腳步就更亂了。他顧不上紅毛鬼了，連忙落荒而逃。

不可能，女色鬼縱然再厲害也不可能預料到他會來將軍坡，就算知道他會來將軍坡也不可能變成更多的紅毛鬼來迷惑他，就算她能變成這麼多紅毛鬼來，她也不可能剛好知道他的藏身地點。將軍坡雖說不大，但是誰這麼巧剛好知道瑰道士他就躲在這一個草叢裡呢？

不可能，女色鬼他是瞭解的，她不可能有這樣的預知能力。如果她預知能力這麼強，就不用這樣死死追趕他了。

那會是誰呢？他記得，所有被他傷害過的女孩子中，就女色鬼是最難對付的。難道，還有更難對付的女孩子的鬼魂存在嗎？

不可能，像女色鬼這樣實力強大的鬼氣，他都能從鼻息中聞到不同，別的鬼氣就更不用說了。可是，他到現在還沒有聞到其他的鬼氣。

難道對付他的是人？那個人又會是誰呢？

瑰道士不敢在這裡待太久，他見路就跑，根本來不及辨別方向。他不知道自己跑了多遠，跑了多久，腿部的褲子被夜露沾濕了，黏黏地貼在腳上，極不舒服。

「汪汪！」突然幾聲狗吠，嚇得瑰道士心驚肉跳。哪裡來的狗？

這裡是一片平地，平地的周圍長著魁梧的松樹。平地上的草長到齊腰那麼高。草中多為狗尾巴草。許多像狗尾巴草一樣的穗子在晚風的拂動下輕輕搖擺。

我怎麼跑到這裡來了？瑰道士心驚道。他四周一看，居然看不到其他的山了。他記得在將軍坡抬頭看的時候，能夠看到旁邊雄偉的常山以及另外兩座比較高的但叫不出名字的山。可是現在那些山都沒有了。

只有一個可能，那就是我現在就在山頂上，並且是在常山村最高的山的頂上。不然，至少可以看見平頂的常山。

「汪汪！」又是幾聲狗吠，並且聲音越來越近。

難道，難道我現在就在常山的頂上？瑰道士心惶惶地看了看四周，終於明白了自己身處的環境。不可能啊，我剛才還在將軍坡呢！怎麼就跑到常山的頂上來了啊？我剛才跑的時候根本沒有看出自己是在往上山路上跑啊！

「你是不是不明白自己怎麼到常山頂上來了？」一個蒼老的聲音從瑰道士背後飄來，如同風聲。

瑰道士連忙轉過身來，大喝道：「誰？誰在我背後說話？」這個聲音不是人能發出的聲音，瑰道士感覺耳朵裡有個鑽頭在不停地往耳膜上鑽，痛得要命。這個聲音也不是一般的鬼能發出的聲音，他自己就自稱「鬼王」，沒有其他一般的鬼可以讓他的耳朵這麼難受。

「從來都是你算計別人，沒想到你也有被別人算計到的時候吧！哈哈哈哈……」這次這個蒼老的聲音是從前面傳來的，伴隨著一陣風吹草動。這個笑聲更加刺耳，瑰道士忍不住捂住了耳朵。

「你是誰？你居然敢算計我？你想怎麼樣？」瑰道士忙把回過去的頭調轉回來，眼睛在前面的草叢樹林裡搜索，「你倒是顯出形來啊！」

「汪汪！」狗吠聲已到了近處。瑰道士的身子怕冷似的顫抖不已。

「哈哈，你是怕渾身黑毛、眼圈白色的狗吧？」那個蒼老的聲音笑道。這次聲音是從瑰道士的左邊傳來的，仍舊伴隨著一陣風吹草動。

「你，你怎麼知道？」瑰道士向左邊轉身，問道。

「我怎麼知道？你問我怎麼知道？」這次聲音是從瑰道士右邊傳來。

瑰道士慌忙轉身：「是的。你怎麼知道我怕渾身黑毛、眼圈白色的狗？」他知道，他遇到了對手。但是他同時知道，這個對手是不可能傷害他的，他能預感到這個忽左忽右、忽前忽後的對手並不具備攻擊力。

「因為狗是狼的舅舅啊！」那個聲音回答道。

「可我不是狼。」瑰道士道。他警覺地察看周圍，一雙眼睛如夜晚行人手裡的燈籠。

「我知道，你是狐狸。可是，你的色性比狼還要狠。狼都怕牠舅舅，狐狸就更別提了。」那個聲音不停地轉換方向。瑰道士跟著那個聲音不停地變換方向。

關於狗是狼的舅舅的故事，我是知道的。早在第一次捉鬼之前，爺爺就跟我講過：相傳，天宮裡住著兄妹兩人，一個在玉皇大帝的手下做太監，一個做宮女。一次，因哥哥不小心將玉帝的一個盤子摔破了，觸怒了玉帝，玉帝就將他變為一隻狗，打下天宮繁殖狗類。妹妹早在天宮待夠了，也想享受一下人間的快樂，於是就偷偷下凡了。妹妹下凡以後一直尋找哥哥，但沒有找見。她到處流浪，一日來到一座大山前想到兄妹分散，不禁痛哭流涕。這時，被一個在此山中修行多年的老狼精發現，便將這個妹妹拉入山中，強納為妾，不久便生下一隻小狼崽子。狼崽長大後，牠娘要牠出去找舅舅，告訴牠說，舅舅本是天上的神仙，是被玉帝變為狗下凡人間，在一戶人家看門。

故事後來發展到什麼樣，我已經忘記了，但是「狗是狼的舅舅」這句話我一直記得。

「你知道我是狐狸？你是什麼……」瑰道士知道對方不是普通的人，也不是一般的鬼，不知道問對方「是什麼人」好，還是問對方「是什麼鬼」好。

此時，爺爺和選婆的夥伴都正往這裡趕。選婆的夥伴牽著的幾隻狗已經興奮起來，它們狂吠不已，爭先恐後地往前竄。

28

「你問我是什麼？」蒼老的聲音呵呵笑道，「我是迷路神。」

「迷路神？」瑰道士詫異道，他的牙齒開始打顫。原來是迷路神把他引到常山頂上來了，難怪剛才毫無知覺。前面矮婆婆也在將軍坡遇過迷路神，只可惜瑰道士不知道這件事。如果瑰道士知道將軍坡有迷路神的話，早就會戒備了。迷路神不是什麼神仙，那是一種特殊的鬼。爺爺曾經說過，萬一你撞上了迷路神，不用驚慌。你低頭看樹影，不要看樹。迷路神不能幻化月亮投在地上的陰影，所以你只要看著樹影，從樹影裡走出來，沿著月光走，就可以走出來。

可是驚慌失措的人往往不知道這一點，或者說做不到這一點。

「你是鬼類，可是為什麼要幫人類？」瑰道士惱羞成怒。可惜迷路神像風一樣看不見、摸不著，瑰道士只好對著空氣發脾氣。

「人有好人、壞人之分，藥有毒藥、解藥之分，我們鬼，也有善鬼、惡鬼之分。像你這樣的惡鬼，就算馬師傅不來求我，我也要主動協助他抓住你！」迷路神咬牙切齒道。

「我跟你有什麼恩結？你竟然要消滅我？」瑰道士惶恐道。

「你不提倒罷了，提起來我就生氣！附近有個叫夭夭的姑娘，你認識吧？聽說你還假裝道士到她家去捉了鬼？」迷路神道。

瑰道士一驚。

「你看見了夭夭，就一定能想到曾經有個被你玷污的女孩，名叫瑤瑤的女孩！」平地周圍的樹劇烈搖動，可是不見風吹。瑰道士猜想那是代表迷路神憤怒了。

提起夭夭，瑰道士自然不能忘記那次捉鬼。當第一次看到夭夭的時候，他真的是大吃一驚。夭夭跟原來那個死在他手下的叫瑤瑤的姑娘長得太像了。他那次見到夭夭的時候，還以為是瑤瑤復活了。幸虧當時機靈的他很快掩飾過去了，沒有引起旁人的懷疑。可是瑰道士偽裝茫然道：「什麼夭夭、瑤瑤的？你說的夭夭是附近那個姑娘嗎？我去她家捉過鬼，但是我不認識你提到的瑤瑤。」

「你還裝！」迷路神真的憤怒了，聲暴如雷。

瑰道士被這聲嚇得連連後退。不過，他意識到迷路神頂多讓人迷路，根本沒有其他傷害力，便若無其事地又向前跨出兩步。「我真不知道。」他說。

「是的。你傷害的女孩子太多了，所以不記得那個女孩叫什麼名字了。可是，可是，可是……」迷路神的三個「可是」一個比一個聲音高，「可是你傷害的每個人，都會牢牢記住你這隻該死的狐狸！」

瑰道士臉上的得意此時也沒有減少，他冷漠地說：「是啊！既然你都說了，那我也不瞞你。我是玷污了許多女孩子，那些女孩子太多了，我不可能一一記住她們的名字和區別。那又怎樣？」

「但是你記住，她們每個人都記著你！」迷路神道。

「但是我跟你無冤無仇，你不必裝一片善心，你不是觀音菩薩，你只是一個鬼，雖然你是特殊一點的鬼，但是仍然屬於鬼類。」瑰道士故意激迷路神。

「但是我是瑤瑤的父親！」迷路神歇斯底里地大喊道。此聲一發，驚天動地！「咔嚓」一聲，一根大樹的枝丫竟然被震斷，砸落在地面。

由於當時是夜晚，瑰道士沒有看見所有的樹葉都被震碎的情景。如果他能看到，必定會被迷路神的憤怒所威懾。

當時，爺爺和其他幾個正靠近常山頂的人也沒有看到這一情景。跟爺爺一起抬打穀機的人感覺有大批的小飛蛾撲到了臉上，他伸手在臉上一摸，居然抓了大把的碎葉片。拿到鼻子前一嗅，濃烈的青草葉汁味嗆得他打了一個很響的噴嚏。

一直到了第二天，有人在常山頂上砍柴時，才發現平地周圍的百來根樹的葉子全部裂開了，一如新年的窗紙。而樹下掉了厚厚一層的「紙屑」。平地上的草叢也沒有倖免於難，據第二天在常山頂上看過的人說，平地的草如牛群啃過一般，如果當時誰看見迷路神的憤怒震裂了所有的樹葉，定當是一片令人驚嘆的景象。

「你是瑤瑤的父親？」瑰道士紙摺的臉上出現了少有的驚恐，「你居然是瑤瑤的父親？」

沒有聲音回答他了。因為爺爺他們已經到了。

幾隻狗一見瑰道士，便如見了肉包子一般猛撲過去。瑰道士果然怕狼的舅舅，在人和鬼面前威風凜凜的瑰道士，在幾隻狗面前毫無還擊之力。

爺爺咬破右手中指，往地上一點，口中唸出咒語：「天道畢，三五成，日月俱。出窈窈，入冥冥，氣佈道，氣通神。氣行奸邪鬼賊皆消亡。視我者盲，聽我者聾。敢有圖謀我者反受其殃！」

只見一道暗紅如血的光從爺爺的手指發出，直射瑰道士。

爺爺左手從口袋中掏出幾張符咒，大喝一聲：「起！」符咒立即自燃，火光跳躍起來。

爺爺將手中的符咒伸向右手中指。

那道暗紅的光竟被點燃了，像點燃的汽油一般飛速傳向瑰道士。

瑰道士立即被點燃了，火舌舔舐著他的周身。瑰道士苦苦哀嚎起來，不一會兒，人的哀嚎變成了狐狸的嚎叫。

一個狐狸模樣的影子從紙人裡逃脫出來。

「他終於現出原形了！」牽狗來的年輕人驚喜道。

狐狸在地上打了個滾，然後迅速逃跑。它的尾巴上還有火焰。

年輕人正要去追。爺爺喊道：「不用追牠！」

「不追牠就跑啦！再鑽到其他的什麼東西裡，又要變成一個害人的瑰道士了！」年輕人不聽爺爺的話，朝狐狸逃跑的方向追去。

跟爺爺抬打穀機的那人也正要追上去，可是轉頭看見爺爺的耳朵裡流出血來，嚇了一跳。

「馬師傅！」他喊道。

爺爺沒有回頭。爺爺終於遭遇了一生中最嚴重的反噬作用，他甚至連撐在地上的右手都抬不起來了。

年輕人追著狐狸跑了不遠，眼看著牠尾巴上的火苗一點點地將整個狐狸身子燒掉了。等年輕人氣喘吁吁地跑回來向爺爺報告時，平地中央的紙人也燒得只剩竹炭了。

爺爺如中暑一般臉色蒼白，渾身無力。他們兩人抬著爺爺，頂著月光，從彎彎曲曲的小山道上回到了家中。

一切都平靜了。狐狸的魂魄被爺爺的真火焚燒殆盡，這次，牠的靈魂和本體都沒有了，從此在輪迴中消失。女色鬼被符咒送到了香煙山的大鐘裡。選婆按爺爺的吩咐，第二天到香煙山去，見香煙山的寺鐘居然掉落在地上，如果把耳朵貼上去，還能聽見裡面有傷心的哭聲。

反正香煙山已經沒有和尚了，寺鐘便也沒有人重新抬起來。

由於文天村做靈屋的老頭也出了力，周圍村民立即對他刮目相看。路上相遇了，不論男女老少都要給他鞠躬。老頭子一時高興，發佈消息出來說要收個徒弟，傳授他一生的真傳。可是沒有一個人願意踏進他的家門去學他的手藝。出去打工，仍然是年輕人的首選。

終於，有一個路人經過老頭子家前時沒有聽到砍竹子的聲音。那個路人忙叫來了臨近幾戶人家。

推開「吱呀吱呀」叫喚的老木門來，只見堂屋裡一個兩米多高的靈屋，靈屋裡面坐著一個表情僵硬的老頭子。他的眼睛還睜著，但是人們呼喚他的時候他不答應。一人把手指伸到老頭子的鼻子下，才發現他已經沒有了氣息。

一個老人，就以這樣的方式告別了他的精彩世界。只不過，他的精彩沒有人欣賞，也沒有人繼承。

「好了。」湖南同學有些傷感，「先講到這裡吧。明天零點繼續。」

不得不承認，我對他的故事有些沉迷了。因為這個夜晚我睡得並不踏實，第二天清晨，我發現枕頭有些濕潤。

一目九先生

29

0：00。

「世間不乏大善人，也不少大惡人。其實還有更多的人介於兩者之間——不敢去做壞事，但又不願去做好事的人。這些人大概處於這種心態——雖然我捨不得在金錢或者其他方面幫助別人，但也不曾因為這些害過別人，我不求別人回報什麼，但是至少不會有惡報。」湖南同學做了一個簡單的開頭說明，又開始了他的詭異故事……

爺爺抱病去參加了老人的葬禮。那次我剛好放假回來，隨同爺爺一起去了。

在老頭子的葬禮上，爺爺的眼睛裡流露出少有的落寞。

我知道爺爺心裡難過，難過不僅僅是因為老頭子的死。在葬禮的酒席上，爺爺沉默寡言，喝的酒也很少。吃飯吃到半途，爺爺卻從兜裡摸出一根菸來放到嘴上就要點燃。

他劃燃火柴的時候，我聽到了火柴棒與火柴盒上的磷面劃出「哧」的一聲。我便放下了碗，怒視爺爺一眼。

爺爺見我兇他，便咂巴咂巴下嘴，把菸放回到兜裡。在戒菸方面，我感覺我成了爺爺的長輩，時時刻刻看著他不讓他隨心所欲，爺爺卻也像個晚輩似的，見我的表情有轉變就乖乖收回香菸。用爺爺的一句話說是，「爺疼長孫，爹喜細崽」，沒辦法。我覺得這話說得有道理，爺爺確實疼愛我，而我爸爸就比較喜歡我弟弟。

酒桌上的幾個客人都認識爺爺，見爺爺不高興，都舉起酒杯來敬爺爺。爺爺不肯喝酒，他們幾個便聯合起來對付爺爺，一定要爺爺喝。正在推來送去的時候，門口進來了幾個人。這幾個人引起了我的注意。不是我的眼尖，而是他們太引人注意了。

我們那邊的葬禮，不是在家裡進行的，而是在家門前的地坪裡搭上一個很大的棚子，所有與葬禮相關的儀式都是在大棚子裡進行的。大棚的入口也比較特別，這個入口要正對自家的大門，入口的門沿上要綁上綠色的松樹枝。所以這樣看來，這個大棚就像遠古時代的酋長部落。

此時的我們就在這個大棚裡吃飯。當然，這個大棚裡不只有我們一桌，還有另外十多桌，但有一個風俗：總的桌數一定是單數，不能是雙數。即使客人剛好滿十桌，舉辦的人也一定要擺上十一桌，寧可那桌上面沒有人坐也要照常上菜。桌上的菜碗數也必須是單數。這是有講究的，「紅事逢雙，白事逢單」。紅事就是好事，比如結婚、滿月等；白事就是壞事，比如葬禮。所以紅事的時候，桌子一定是雙數桌，菜也是雙數個。

當時大棚裡的桌子大概有十三桌，我們的桌子比較靠近綁著松樹枝的大門，而我剛好對著大門坐著，所以一眼就發現了這幾個奇怪的新來者。

進來的一共是五個人，這五個人相互攙扶，有四個人的手裡拿著一根棍子在地面敲敲打打。

四個瞎子？我心下疑惑。那麼前面那個是瞎子嗎？

我仔細地去看第五個人。那個人的腦袋轉來轉悠，似乎要照顧好其他四個瞎子。當他的頭轉到我這個方向的時候，我剛好看到了他的眼睛。

居然是一隻眼睛瞎的、一隻眼睛好的！那隻瞎的眼睛與其他四個人的又有不同。那四個人的眼睛都是白眼或者緊閉，但這第五個人的瞎眼是一個空洞！如同一個被掏去了肉的核桃內壁，甚是嚇人！

酒桌上的幾個人還在跟爺爺爭執，他們擋住了爺爺的目光。

我聞到了一股酸味。這股酸味就是這四個瞎子和一個獨眼人帶進來的，彷彿他們剛從醋罈子裡鑽出來。

他們幾個互相攙扶著，直接走進老頭子的堂屋裡。堂屋裡是老頭子的靈位。靈位後面是老頭子漆黑油亮的棺材。

按這裡的習俗，每個前來弔唁的客人必須先放一掛鞭炮才能進來，一是表示哀悼，二是提醒裡面的人有新的悼客來了。可是他們幾個進來的時候我沒有聽到鞭炮聲。

30

他們五個在堂屋裡一字排開，獨眼的那個站在中間，左右各兩個瞎子。他們合掌向老頭子的棺材鞠了一下躬。站在老頭子棺材旁邊的人回禮鞠躬。因為老頭子無子無女，也沒有什麼直系親屬，所以只能請村裡的熟人來給弔客答禮。

可是村裡的人一般不願意給不是自己親戚的人答禮，因為這並不是吉利的事情。誰給弔客答禮，就代表誰家死了親人，也難怪沒有人願意幹這個雖然不苦但是不吉利的差事。

村裡經過商量，決定讓紅毛鬼來做答禮的人。紅毛鬼在將軍坡被爺爺救下，女色鬼和瑰道士都被收服，再也沒有其他的鬼要利用它。它還是像以前一樣，給人們做體力的工作，賺得一點吃的。

可是馬上有老者反駁，說答禮的必須是人，只見有活著的人送亡人的，哪裡有鬼送亡人的？雖然紅毛鬼跟別的鬼不同，它有肉身，但是畢竟是曾經死去的人，不能算作是一般的人。

答禮的事雖小，只需在弔客前來拜祭的時候回禮，弔客先鞠躬，答禮人回以鞠躬；然後弔客跪下磕頭，答禮人回以磕頭，弔客磕頭要磕三下，答禮人也磕三下。

事情確實小，但是這是一個儀式問題，小雖小，但是卻不能沒有。

可是，村裡又沒有人願意做這種小事情。他們都害怕這種事情會給自己的家庭帶來楣運。眼看著老頭子的屍體待不了多久就要臭了，村裡的領導非常著急，拿出一百塊錢的獎賞來請人答禮。那時候的一百塊已經是相當大的一筆數目了。

可是仍然沒有人前來接受。

老頭子死了也想不到，自己給別的死人做了一輩子的靈屋，到頭來幫他答禮的人一個也沒有。

就在村裡的領導一籌莫展時，有一個不是文天村的人前來接受任務。這個人，就是選婆。許多人驚訝了。要說，捉住女色鬼也有老頭子出的一份力，照道理，選婆應該很怨恨老頭子才是，可是他居然主動來給死了的老頭子做答禮人。

可是他的理由很充分，他孤身一人，自己的媳婦也不過是一個女鬼而已，即使做別人的答禮人會染上晦氣，也不會傷害到其他的人。但是他有一個條件，不接受獎賞的一百塊錢。四個瞎子和一個獨眼，在鞠躬後跪下來，整齊一致地給老頭子的棺材磕頭。選婆一本正經地還以磕頭。

我在大棚的酒席上向堂屋裡望去，望見選婆伏到地上的背，猜想他此刻的心情。我猜不透。我又看了看那口漆黑發亮的棺材，猜想老頭子的靈魂如果此刻還在棺材裡，他該是什麼樣的心情。我也猜不透。

「謝謝您老人家給我們幾個做了居身之所，讓我們雨天淋不到，晴天曬不到，露水濕不到，涼風吹不到。」那五個異口同聲說道，然後虔誠地再給老頭子的棺材磕頭。

選婆當時聽見了他們說的話，但是當時他的心正念著其他的事情，所以沒有把他們這些話放在心上。他還牽掛著壓在寺鐘裡的女色鬼。

三次頭磕完，他們五個便返身走出堂屋。選婆喊道：「那五位先生，你們也不吃了飯再走？」

獨眼的那個回過頭來，用一隻空洞的眼眶和一隻鷹隼的眼睛看了看選婆，笑道：「不用了，我們只是來感謝老人家給我們造了遮風避雨之所。拜祭了他老人家就走，不用吃飯的。」

「來者都是客，吃了飯再走吧！」選婆挽留道。

這時，酒桌上的爺爺突然喊道：「一目五先生，別來無恙啊！」

正在勸酒的客人見爺爺突然大喊，都停下了酒杯，順著爺爺的目光向那五個奇怪的人看去。

可是別的客人向堂屋的門口看去時，卻沒有看見其他東西。

那五個人聽到爺爺的一聲大喊，立即閃電一般消失了。但是我看見了他們消失的整個過程，他們如點燃的藥引一樣，一陣火光迅速從腳下竄到頭頂，再看時，他們站立的地方便空空如也。我使勁地眨了眨眼睛，他們五個確實沒有留下任何存在的痕跡，連陣煙霧都沒有。

選婆剛從屋裡追出來，待他走到門口，卻發現外面什麼都沒有，五個人都像空氣一樣消失了。選婆愣了。我正好和他相對，他看了看我，問道：「剛才那幾個來拜祭的人呢？」

「不見了。」我指著他們消失的地方，不知道怎麼讓選婆相信他們如空氣一般消失了。

爺爺也盯著我和選婆看著的地方，目光炯炯。

「他們是一目五先生。」爺爺看了看我，又看了看選婆。臉色凝重。

「一目五先生？」選婆皺起眉頭，問道。他的腰間束著一條粗大的草繩。這是答禮人必要的裝束。如果答禮人是死者的兒子，還要在手裡拿一根貼了白紙的桃木棍，背後要縫一塊四四方方的麻布。

爺爺在提到一目五先生的同時，我想起了《百術驅》上的記載。

「一目五先生？」周圍的客人也奇怪地問道，都把迷惑的目光對向爺爺。很多客人沒有注意到剛才進來的四個瞎子和一個獨眼，但是也有幾個客人感覺到有幾個人經過了身邊，還有一兩個客人看到了剛才的五個人。

「是的。他們是一目五先生。」爺爺放下了手中的酒杯。酒杯落在桌子上的時候，有酒水灑了出來。爺爺的手有些抖。

「馬師傅，您認識他們？」桌上一個客人問道。

爺爺點點頭：「大家要小心，近期會有大量的疫病出現。各家的老人、小孩尤其要注意。如果白天看見他們了，要大聲喊出他們的名字，然後大罵他們。這樣他們就會馬上消失，就像剛才那樣。」

「他們怕人？」選婆問道，「那他們怎麼還敢來這裡拜祭老頭子？」

31

爺爺說：「他們不是怕人，而是怕人死後惦記他們，找他們報復。他們膽小，做些見不得人的事情，但是怕人看見，跟偷雞摸狗的小偷沒兩樣。就像剛才，我大喊一聲他們就嚇得無影無蹤了。你喊一聲，他們就以為你認識他們，他們就不敢直接對你下手。他們跟瑰道士不同，瑰道士不怕人死了做鬼也跟著，但是他們怕人死後變成鬼來找他們麻煩。」

選婆和客人張著嘴靜靜地聽爺爺說話。剛才還很喧鬧的大棚裡此時非常安靜。

爺爺接著說：「他們之所以叫一目五先生，是因為他們中四個鬼是瞎子，只有一個能看見，但那個能看見的還是獨眼。他們五個的行動全靠那一隻眼睛。這五個鬼以吸人氣為生，人如果被一個鬼吸了，就會生病，被兩個以上的鬼吸氣了就會大病一場。如果被五個鬼同時吸了氣就會死掉。」

爺爺說話的時候有些上氣不接下氣，底氣也沒有平時那麼足。我知道，跟女色鬼和瑰道士的爭鬥中，爺爺受到的反噬作用很強，一時半會兒不可能恢復。

安靜的大棚裡響起了戚戚的說話聲，像老師還沒有到的課堂，學生正在教室裡交頭接耳。客人低聲交談，表情各異。

選婆說：「我剛才好像聽見他們說話了。他們說，謝謝老頭子給他們幾個做了居身之所，讓他們雨天淋不到，晴天曬不到，露水濕不到，涼風吹不到。難道老頭子曾給他們做過靈屋？」

爺爺點點頭：「老頭子一生做的靈屋成千上萬，也許這一目五先生剛死的時候都是用了老頭子做的靈屋。」此時，老頭子的棺材也靜靜地待在堂屋裡，似乎也正在聽爺爺的話。

選婆道：「難怪他們來拜祭老頭子的，他們還挺感恩的啊！」

「好了好了，大家吃飯吧！再不吃飯菜都涼了。」爺爺揮揮手道，「大家不要太擔心，只要晚上睡覺前記得閂上門，小孩子不要太晚回家，問題應該不大。吃飯吃飯。」

大家聽了爺爺的話，心裡的驚恐稍微少了些，可是哪裡還有心情吃飯？大家紛紛開始討論關於一目五先生的種種話題。

有一客人說，他以前聽說過關於一目五先生害人的事情，不過那還是他的祖上五、六代的事情。

他的祖上講給兒子聽，兒子又講給兒子聽，一代代講下來，他便知道了祖上那段驚悚經歷。那人這麼一說，其他客人便紛紛離桌，聚到那個人的桌邊去聽他講他祖上遇到的事情。

我看了看爺爺，爺爺獨自一人坐在桌邊，沒有聚過去聽那人講他祖上的事情。好奇心十足的我也圍了過去。

那人神秘兮兮地說，事情大概是發生在明清朝的時候。他的祖上是個讀書人，一次進京趕考，路上經過一個客棧。他的祖上便在這個客棧寄宿。那個客棧沒有專門的客房，所以老闆、廚師、小二還有他的祖上一同睡在一個大房間裡。老闆睡木床，其他人都睡地舖。

他的祖上因為擔心考試的功課做得不足，很晚了還睡不著，心裡背誦著各種可能考到的詩句。而老闆他們則響起了鼾聲。

到了半夜，一陣陰風吹開了客棧的門。小二忘記門上門了。

他的祖上猜想也許是其他路過的人也到這裡投宿，便沒有在意。不一會兒，果然進來五個「人」。由於他的祖上睡在一個不起眼的角落裡，那五個「人」一開始沒有注意到他。他的祖上見進來的幾個「人」相互攙扶，覺得事出蹊蹺，便不敢作聲。

一個「人」摸索著走進小二的旁邊，俯下身子在小二的周圍嗅了嗅。小二側躺著睡熟了，根本不知道有「人」在嗅他。那個「人」見小二不動，便將嘴巴湊近小二的腦袋。正當它要吸氣時，另外一個「人」拉住了它。

他的祖上聽見另外的一個「人」說話：「這是個大惡人，我們千萬不要碰。」

那個俯下身的「人」便沒有再動小二。

而另外一個「人」看見了角落裡躺著的他的祖上，便一步一步湊近來。他的祖上嚇得汗毛直立，但是他一動也不敢動，怕驚動了這五個「人」。聽到了它們剛才的談話，他的祖上明白了，這五個進來的人不是寄宿的路人，也不是來偷東西的盜賊。它們要吸人的精氣，自然是鬼了。

他的祖上感覺到鬼在他的上方嗅了嗅。他的祖上害怕得不得了，心想完了，本來是要進京考取名利的，沒料居然遇到這樣的倒楣事，名利沒有了不說，性命都保不住。

正在他的祖上心裡叫苦連連時，剛才勸止吸取小二的鬼又說話了：「不要吸那個人的精氣。那個人是個大善人，將來必做父母官。」

鬼聽了勸告，離開了他的祖上。

他的祖上虛驚一場，連忙在心裡不停地唸佛。

有隻鬼似乎對帶頭的鬼不滿，它埋怨道：「你這個人也不讓吸，那個人也不讓吸，那我們不是白來一趟了？」

他的祖上眼睛偷偷睜開了一條縫，看見帶頭的鬼有一隻獨眼，而其他的鬼都摸索著行走，都是瞎的。

獨眼的鬼指著睡在木床上的老闆，然後又指著睡在木床旁邊的廚師，說：「這兩個人既不是窮兇極惡的壞人，也不是積善行德的好人，你們也可以吸他的精氣。」

後來，五個鬼聚到客棧老闆的床頭一起吸老闆的精氣。吸完，有兩個鬼打了飽嗝，肚子鼓脹得像懷了孕。

沒打飽嗝的另外三個鬼又聚到廚師周圍吸氣。最後五個鬼都打飽嗝了，他們這才相互攙扶著走了出去。一陣陰風隨即將開著的門又關上了。

他的祖上細細聽了聽，確定周圍沒有聲響了，急忙爬起來把小二喊醒。

32

小二和他的祖上一起去看老闆和廚師，發現他們兩人的皮肉萎縮了，皮色蒼白。老闆已經斷氣了，廚師奄奄一息。

「老闆是因為被五個鬼都吸氣了，所以死了。廚師被三個鬼吸氣，雖然大病一場，但至少保住了一條命。」講述故事的人解釋道。

有人插嘴道：「那個鬼不是說你的祖上會有福氣，能做父母官嗎？那你的祖上考科舉考上沒有？是不是真做官了？」

那人回答道：「後來我的祖上進京趕考，果然榜上有名。那個獨眼的鬼還真會看人呢！經過了那件事，我的祖上在地方上任之後不敢貪圖錢財，更不敢輕易殺生。他一生為官清廉，還教導我們後代要多吃素菜，少吃葷肉。現在在臨湘那邊還能看到當地人民讚頌我的祖上的石碑呢！」臨湘是我們縣的鄰縣，同屬於岳陽市。

插嘴的那人說：「要是獨眼的那個不是鬼，我還真想要它給我算算將來能不能發達呢！嘿嘿。」

選婆怒色道：「你還開玩笑，一目五先生來到這裡，不會是只給老頭子拜祭那麼簡單。馬師傅剛才還說了，它們一出現就會帶來疫病，大家要小心才是。你還有心情開玩笑。小心一目五先生第一個就吸你的精氣！」

選婆也是隨口說說而已，沒想到後來一目五先生還真第一個找上了那個插嘴的人。

插嘴的人是文天村的居民，家住在從常山村進文天村的第一家，門朝大馬路。也許一目五先生首先找到他就是這個原因。他的真名我不記得了，認識他的人都叫他文撒子，因為他的眼睛有點毛病，一隻眼睛正常，另一隻眼睛沒有待在正常的地方，卻不對稱地待在挨著眼角的地方。這樣一來，跟人說話的時候，你會感覺他沒有看著你，而是看著你的旁邊，彷彿你的旁邊還有一個人。

我們當地的方言裡把這種人叫做「撒子」。這樣隨便給人取綽號是不禮貌的，幸好他不怎麼在意。後來他真的發達了，在外面做生意賺了大錢，有了錢之後在省城動了手術，把不對稱的眼睛治好了。現在我每次回家後去看爺爺，還是要經過文天村。有時能碰到他，再也沒有人叫他文撒子了，卻叫他文金條。

文金條這個綽號是個褒義詞，曾經的「文撒子」對「文金條」這個綽號很滿意，但是，這兩個綽號直接導致我至今還不知道他的真名。

文撒子聽了選婆的嚇，慌忙跑到爺爺旁邊：「馬師傅，您得收服它們呀！雖然第一個找的不一定是我，但是保不準某天就來害我了呢！您連瑰道士和女色鬼都收拾了，這五個小鬼您一定不在話下吧？」

說到女色鬼，選婆的臉上浮現出不舒服的表情。

剛才爺爺的桌旁還沒有一個人，現在立即聚了一大群，像蒼蠅似的在這個大棚裡跑來跑去。

爺爺嘆口氣道：「我現在反噬作用還很厲害，再一個，我的年紀大了，身體恢復不如以前那麼快了。恐怕是有心無力。」

文撒子問爺爺：「您老要多久才能恢復啊？一天？兩天？」

爺爺張開那個經常拿菸的左手，五根手指直挺挺立在眾人的眼睛下。

「五天？」文撒子問道，眼睛看著爺爺的旁邊，似乎不相信爺爺給出的資料，要問旁邊的人這個資料的真與假。

「五個月。」爺爺簡短地說。

「這麼久？那一目五先生誰來對付啊？」文撒子頓時慌了，不知道是選婆的話真嚇著他了，還是他已經預感到了一目五先生會第一個來找他。周圍的人立即議論紛紛。

「要不先找歪道士幫幫忙？」選婆徵求大家的意見，「總不能讓一目五先生在我們這裡無所顧忌吧？」

「鬼不是怕罵嗎？你們村的那個四姥姥罵人的功夫可是了得！」文撒子本來是要對著我說的，可是眼睛還是沒有對準我，「我們見了鬼也像四姥姥那樣能罵就好了。難怪她老人家從來不怕鬼的，鬼都怕了她。」

我想起四姥姥為了救自己的孫子跟水鬼惡鬥的情景。媽媽說四姥姥長的是鐵嘴巴，想想形容得還真貼切。

「雖然鬼都怕罵，但是你也要罵在點子上才行。罵它們的弱點，罵它們的痛處。不然作用也不大。」一個老人插言道，「像亮亮他們村的四姥姥，罵人有她自己的一套，誰家偷了她的雞，她能罵得偷雞的人自動把雞送回來。你們誰能做到？」

爺爺點點頭。

「這樣說來，我們還得去請歪道士幫忙。」文撒子怕冷似的縮著身子說道。

「可是，歪道士好像還躲在他的小樓上，聽說有討債鬼找他麻煩呢。他現在都不敢下樓，怎麼能幫我們呢？」那個老人又說。

眾人又把求助的目光投向爺爺。

選婆問爺爺道：「您身體不好，能不能叫醫生弄點藥吃，可能會好得快點？不然我們真沒有辦法對付一目五先生。」眾人跟著小雞啄米似的點頭。

「我說我身體不好，實際上身上沒有什麼病痛。所以請醫生看也是沒有用的。」爺爺說。

「沒有病痛？請醫生沒有用？」選婆驚訝地問道。

爺爺說：「是啊！我這次傷的不是身體，而是魂魄。要是這次反噬的是身體，我早就化為一攤水了。因為我的父親透過另一種方式給了我對付瑰道士和女色鬼的辦法，所以反噬作用小了許多。但是只要作法，就會有反噬作用。我這次將瑰道士的靈魂燒掉了，它的魂魄已經在輪迴中消失了，所以我的靈魂也受到了一定的反作用。」

周圍的人張著嘴巴聽著爺爺的解釋。

爺爺頓了頓，接著說：「醫生給我打針吃藥，只能改善我的血氣運行，不能恢復我的魂魄的傷勢。」

「那就沒有別的辦法了嗎？」文撒子急急問道。

爺爺淡然一笑：「除非那個醫生也是鬼，他能給我的魂魄治療。」

「給魂魄治療？」文撒子的臉頓時像霜打的茄子一樣——蔫了。

33

「從來只聽說醫生給肉體打針吃藥的，沒有聽說給魂魄治病的。」選婆感嘆道。

「只能去看看歪道士能不能幫忙了。那個討債鬼也不能總把他逼在樓上不下來吧！」文撒子說。

「只能試試運氣了。」選婆說，「大家吃飯吧！吃飯吧！吃完飯回去睡覺的時候把門都閂好了。不要讓一目五先生進了屋啊！」選婆將聚在一起的客人驅散。客人回到自己的酒桌上吃飯，但是仍絮絮叨叨地談論一目五先生的種種。

吃完酒席，大部分客人散去了。還有少部分留在這裡，他們要聽孝歌。死了人是要唱孝歌的，孝歌裡要講述死者一生的經歷，等於是給亡者回憶一遍生前，勸慰死者安心上路，不要留戀這個陽間。唱孝歌的是一個白眉白髮的女人，那個偶爾出現在歪道士廟裡的女人。

文撒子無心聽孝歌，早早地回到家裡睡覺。

文撒子的女人和孩子留在大棚裡，女人幫忙洗碗、打掃，孩子則是因為貪玩。

文撒子在酒席上喝了不少的酒，他的酒量本來就不怎樣，兩杯下肚便臉紅得像煮熟了的蝦子。酒席上的人笑話他是對蝦，因為他的眼睛是對著的。

從酒席出來的時候，天色有些晚了，但是颳著的風還是熱乎乎的，令他的醉意更深。他搖搖晃晃地走到家門口，費了好大的勁才將門鎖打開。進了門，卻忘記了閂門就扶著牆走進了臥室，往床上一撲便呼呼地睡著了。

萬籟俱靜，月光透過窗戶在臥室的地面輕輕悄悄挪移，不發出一點聲音。

一陣陰風吹開了文撒子家虛掩的門，五個身影像月光一樣慢慢騰騰地挪進了屋，不發出一點聲音。

其中一個鬼吸了吸鼻子，怯怯地說道：「走吧！這個屋裡沒有人。」

獨眼的鬼卻不死心，探頭往臥室裡一看，回過身來對那個鬼說：「怎麼沒有人！這裡面的床上躺著一個醉鬼呢！」

那個吸鼻子的鬼說：「那我怎麼沒有嗅到人的氣味呢？」

獨眼的鬼說：「他是趴著睡的，氣息被被子裡的棉絮擋住了吧！」

另外一個瞎鬼插言道：「難道你忘記了，陽世間有一句話，耳聽為虛，眼見為實。你鼻子嗅的也是虛，大哥的眼睛才是我們的指路針，你就別耍小聰明了。」

獨眼的鬼不耐煩道：「你們都別爭論了，趁著這個人熟睡，我們飽餐一頓才是。別耽誤了時辰。來，都進來。」獨眼的鬼讓四個瞎鬼手拉著手，像玩老鷹捉小雞的遊戲一樣把四個瞎鬼都牽進了文撒子的臥室裡。

五個鬼圍在床頭了，可是它們沒有立即吸文撒子的精氣。

一個瞎鬼問道：「大哥，這個醉鬼是趴著的，鼻子和口都對著被子，我們怎麼吸他的精氣呢？」

獨眼的鬼撓撓頭，說：「我們得等他翻過身來。」

瞎鬼說：「誰知道他什麼時候翻身呢？酒氣這麼重，肯定醉得不輕，恐怕他想翻身都翻不動哦！要是等到他的家人都回來了，我們可不是把放在嘴邊的一頓菜給弄丟了？」

獨眼的鬼又撓撓頭，說：「說的也是。要不，我們自己動手把他翻過來吧！」

瞎鬼又說：「可是，大哥，我們看不見他的手和腳放在哪個位置，一下沒搬好，怕把他給弄醒了。你忘記了只有你一個人才能看見哦！」

獨眼的鬼還是撓撓頭，說：「說的也是，那該怎麼辦呢？」

這時，趴著的文撒子突然說話了：「哎呀，一目五先生，你們真的第一個就來找我嗎？」

床頭的五個鬼立即像蒸發的薄霧一樣消失了。

趴著的文撒子說完酒話，打了一個飽嗝，又開始說夢話了：「馬師傅，你怎麼就不幫忙呢？找歪道士多麻煩呀！就算討債鬼沒有逼他了，他也不一定就答應幫助我們哪。」

說完夢話，文撒子又開始打呼嚕。五個鬼又重新在文撒子的床頭出現。

「他是喝多了酒在夢裡說胡話呢！」一個瞎鬼說。

獨眼的鬼拍了拍胸口，說：「哎呀，剛才可把我嚇了一跳。我還以為他聽到我們說話醒來了呢！原來是說夢話。」

一個瞎鬼說：「大哥，我們都已經是鬼了，他又不是道士，我們幹嘛要怕他呀？今天去給老頭子拜祭的時候也是的，大棚裡那個人喊了一聲我們的名字，你們就都嚇得跑了。害得我也只好跟著跑掉。」

獨眼的鬼說：「我們不是怕他們現在報復，是怕他們成了鬼之後報復。你想想，他們現在是人，你可以隨便來，但是當他們也變成鬼的時候，他還怕你嗎？你又是瞎鬼，他們成了鬼可以看見你們，你們卻看不見他們，他們還不整死你？」

另一個瞎鬼道：「大哥說得不錯。我們要趁著他們睡熟的時候吸氣，這樣他們死了也不知道是我們幹的。」

剛才一直沒有說話的瞎鬼此時開口了：「別討論來討論去了，現在關鍵是趕緊把面前的晚飯吃了。為了趕著來給老頭子拜祭，我路上一點東西都沒有吃，現在餓得兩腿都打晃了。」

獨眼的鬼說：「好吧好吧！我抓住你們的手，告訴你們抓住這個人的哪個部位，然後我們一齊用力，把他翻過身來。」

說完，獨眼的鬼抓住一個瞎鬼的雙手，引導它的雙手抓住文撒子的一隻腳。然後，獨眼的鬼又引導另一個瞎鬼抓住文撒子的一隻手。

最後，四個瞎鬼剛好將文撒子的兩手兩腳全部抓住。而文撒子還在呼嚕嚕地睡，對外界毫無知覺。

獨眼的鬼吩咐道：「你們四個都抓好了啊！我喊一二三，喊到三的時候你們一齊使勁兒，把這個人的身子翻過來。這樣我們就好吸氣了。」

四個瞎鬼點點頭，靜候獨眼鬼的口令。

34

文撒子離開大棚的時候，我和爺爺還待在大棚裡等敲鑼的人。所以，我和爺爺根本不知道一目五先生潛入了文撒子的房間。

因為爺爺翻過一座山就到了畫眉村，而我順著一條小溪走兩三里路就到了常山村，所以我們一點也不會因為天色晚了而著急。我和爺爺一邊聽堂屋裡的白髮女子唱孝歌，一邊等候敲鑼人的到來。白髮女子的孝歌確實唱得好，恍恍惚惚真如冥界飄忽而來。

爺爺要等的敲鑼人是方家莊的人，年紀跟爺爺差不多，可是由於他年輕的時候愛賭博，輸得老婆帶著孩子離開了他，從此杳無音訊。這個賭徒除了擲骰子什麼農活都不會，家裡自然不可避免地窮得叮噹響。後來經過爺爺介紹，他跟著洪家段的一個胖道士學辦葬禮吹號，可是懶惰的他連號都不願意吹。那個胖道士礙於爺爺的情面不好辭掉他，便讓他敲鑼。

敲鑼是個輕鬆的工作，做葬禮儀式的工作中只有這個最輕鬆了。本來這個工作是由吹號的道士自己做的，每吹完一小節號，或者孝歌唱了一小段，便拿起纏了紅棉布的木棒在銅鑼上敲一下。現在這個工作由他一個人來做，那就更加輕鬆了。這個方家莊的懶人自然樂呵呵地接受了敲鑼的任務。可是，這個人還是免不了經常遲到。白髮女子在堂屋裡唱了不下十小段了，敲鑼人還沒有到來。

我等了一會兒便不耐煩了，但是考慮到爺爺的孤獨感，我只好耐著性子坐在大棚裡等。爺爺這一輩的人是越見越少了。這次做靈屋的老頭子一死，爺爺心裡肯定也有消極的想法。這證明能跟爺爺一起講屬於他們的年代故事的人又少了一個。

「這個懶人再不來，我可要走了。」爺爺也有些坐不住了。他的話似乎要說給誰聽，又似乎是說給自己聽。

「再等一會兒吧！」倒是我開始勸爺爺耐住性子等了。

話剛說完，一個趔趔趄趄的人影走進大棚來。那個人影剛進大棚，身子便軟了下來，雙手死死抓住大棚門框上的松樹枝。整個人就像吊著的一塊臘肉。皮膚還真像臘肉那樣蠟黃蠟黃的，但是臉上卻冒出帶著酒味的紅光。

爺爺連忙起身跑過去扶他：「你這人也不怕丟了方家的臉，人家孝歌都唱了半天了，還不見你來敲鑼！」

那人一手扶著門框一手搭在爺爺的肩膀上，嘴巴倔強地說：「馬岳雲老頭子啊，你又不是不知道，我哪裡丟得起方家的臉？我老婆、孩子都沒有一個，再丟臉也只丟自己的臉啊。」

「你還嘴硬呢！」爺爺嘴上說他，但是臉上並沒有責怪他的表情。爺爺扶著他，兩人磕磕絆絆地走到堂屋裡。我跟在他們後面走。

堂屋裡坐的人比較多，有道士也有聽孝歌的普通人。堂屋裡多了一個白紙屏風，上面寫著一些哀悼老頭子的詩詞。屏風正中間掛著一幅豎長的十八層地獄圖。屏風將棺材擋在後面，要繞過去才能看見，不知道是不是因為他們在晚上也怕看見棺材。

屏風前面放一個八仙桌，桌子一邊緊靠屏風。十八層地獄圖下面還有一段落在桌子上，像用驚堂木壓著。驚堂木是道士的法具，作法的開始和結束，道士會拿起它用力地砸一下，像古代的縣太爺審案那樣敲擊桌面，提醒上堂人的注意。

八仙桌的兩個對邊各坐兩個道士，一女三男。左邊是胖道士坐第一位，右邊是白髮女子坐第一位，其餘兩個道士也是熟面孔，但是我不記得他們的名字。白髮女子負責唱孝歌，其餘三個男道士負責吹號，胖道士偶爾敲一下木魚。

敲鑼人也算是他們裡的一個成員，不過敲鑼人不能和他們同坐。一個長凳立起來，銅鑼便掛在長凳的腳上，銅鑼旁邊一個矮椅子，那才是敲鑼人坐的地方。看來道士裡面也是有等級分別的。

白髮女子見敲鑼的來了，嘟嘟囔囔地抱怨了幾句什麼，給了敲鑼人一個討厭的目光，然後又開始接著唱她的孝歌了。

那個洪家段的胖道士卻彷彿沒有看見爺爺跟敲鑼人進來，一本正經地吹著嘴上的號，兩腮鼓得像青蛙。

爺爺扶著敲鑼人坐在矮椅子上。

敲鑼人打了個酒嗝，便拿起纏著紅棉布的木棒開始敲鑼。我和爺爺挨著他坐下。

「咣———」銅鑼的聲音響亮而悠長，很容易就把人的思緒帶回到以前。

「聽說，你收服了瑰道士和女色鬼後受了反噬作用？」敲鑼人問爺爺。

「是啊！」爺爺若無其事地回答他。

「我說，你別捉鬼了吧！你看這個死了的老頭子，做了一輩子的靈屋，到頭來給他做答禮人的都沒有。一身的手藝也跟著去了陰間。」敲鑼人搖頭說，「岳雲老頭子你別不愛聽，你的手藝還不如他呢！他還能用靈屋換點買油、鹽的錢，你呢？你一賺不了油、鹽錢，二蹭不了幾餐酒飯吃，還把身子骨弄得疲憊。你老了，筋骨要好好養著才是。」

爺爺苦笑。

敲鑼人接著說：「你看我，懶是懶，我承認。但是懶有什麼不好呢？人最終還是一把泥土，還是要埋到泥土裡去的。在世的時候何必這麼勞累呢？」

爺爺不答話，抽出一根菸遞給敲鑼人。敲鑼人卻不接菸，他說：「菸我不抽，酒給我就喝。抽菸對身體不好，喝點酒還能疏通筋骨。我可不像你，我是懂得保護自己的人。」剛好白髮女子又唱完一小段，敲鑼人跟著敲了一下長凳上的銅鑼。

爺爺自個兒點上菸，吸了一口，問道：「要是你老人家遇到了鬼找麻煩，你老人家找誰去？」說完，爺爺才把菸圈吐出，薰得旁邊的我差點流眼淚。

「那還不得找你？」敲鑼人說。

「那不就是了嘛！」爺爺笑了，臉上的溝壑非常明顯。

「聽說，你這次捉女色鬼和狐狸精，還請動了將軍坡的迷路神？你是怎麼請動它的呀？在那裡迷過路的人都從來沒見過迷路神一眼呢！它怎麼就答應幫你呢？」敲鑼人像鵝一樣朝爺爺伸長了脖子，好奇地問道。

35

要是我直接這樣問爺爺，爺爺是不肯說給我聽的，除非他一時來了興致。但是爺爺在他的同齡人中從來不賣關子。

「其實我從頭到尾也沒有見著迷路神的本相。但是說起這件事情還挺有意思。」爺爺頗有興致地說。

「哦？那你說來聽聽。」敲鑼人很高興地問道。我也忙側過頭來聽爺爺的話。

爺爺說：「我雖然沒有見過迷路神，但是我知道它生前有個女兒，名叫瑤瑤。而瑤瑤也是被那個瑰道士害死的。而這個迷路神生前特別喜歡這個女兒，所以瑤瑤死後不久，他就自殺了。自殺時他怨氣未消，滯留在世上沒有投到陰間去。」

敲鑼人點頭道：「冤鬼都很難自己回陰間的。」

爺爺彈了彈菸灰，說：「說來也巧，將軍坡之所以叫將軍坡，是因為唐朝的時候在那個小坡裡埋過一個將軍。而這個將軍埋葬時戴的頭盔是皇上欽賜的黃金頭盔。所以歷來很多厲害的盜賊跑到將軍坡去尋找將軍的墳墓，想盜走那個黃金頭盔。這個將軍是非常有福氣的人，戰場上千軍萬馬中殺出來的人，他死後怎麼能容忍活著的盜賊偷走皇上賞賜的黃金頭盔呢？於是要求當地的鬼官出面，幫忙保護好他的墳墓，守衛他的黃金頭盔。將軍在人間是戰功赫赫的人物，到了陰間自然也受眾鬼的矚目。鬼官便答應了將軍的要求。可是，將軍坡就巴掌大那麼一塊地方，怎麼能保護它不受盜賊的偷盜呢？鬼官想到了一個好辦法，就是派遣一個特殊的鬼來守護這塊土地。」

「這個鬼就是迷路神。」敲鑼人已經猜到了。

「對。」爺爺點頭道，「水鬼為了重入輪迴，拉也要拉一個替身好讓自己擺脫。迷路神也是過一段時間要換一個的，不過迷路神的替換由當地的鬼官選擇。不知換了幾個迷路神後，鬼官選上了瑤瑤的父親來接替迷路神，讓它來保護將軍的墳墓。」

「於是你就去請它來幫忙對付瑰道士？」敲鑼人問道，「那你怎麼知道迷路神就剛好是瑰道士的仇家呢？如果迷路神不是瑰道士的仇家，它不一定會幫你的忙呢！」

「這就不能告訴你了。」爺爺笑道。而我知道，爺爺是依靠姥爹留下的手稿知道這些情況的。爺爺不告訴他，是因為告訴的話會受一定的反噬作用。爺爺已經受了嚴重的反噬，不能再多擔當一些。

「你到了將軍坡去請求它幫助？」敲鑼人繼續問道。

爺爺說：「是的。難道我還把它請到我的家裡不成？它到我家裡，我就找不到出門的路了。呵呵。」

「那倒是。」敲鑼人也跟著笑起來。

白髮女子又唱完了一小段，敲鑼人不緊不慢地跟著敲了一下銅鑼。我剛好湊到爺爺旁邊聽他們講話，對敲鑼人的動作猝不及防，響亮的銅鑼震得我耳朵發麻。

敲鑼人敲完，對爺爺說：「我剛才來的時候，在路上碰到了五個瞎子。」

「五個瞎子？」爺爺問道。

「我也奇怪呢！文天村總共也沒有五個瞎子啊！當時我喝多了酒，也可能是看花了眼。」

「你沒有看花眼。但是那五個中只有四個是瞎子，還有一個長著一隻眼睛。」爺爺說。

「那我就沒有注意了，喂，你怎麼知道他們中有一個長著一隻眼睛呢？」敲鑼人不解地問道。

「他們早先來這裡給老頭子跪拜了呢！」爺爺說。

「哦，原來是老頭子生前的熟人啊！我還以為是誰呢！」敲鑼人摸了摸臉，打出一個長長的呵欠。酒氣隨之而出，非常薰鼻。

爺爺吸了一口菸，問道：「你是在哪裡看到他們的？」

「在進村的大路旁邊看到的。」敲鑼人說。

「是不是文撒子家前面的那條大路？」爺爺有些著急了。

「是啊！文撒子就是住在大路旁邊嘛。有什麼不對嗎？」敲鑼人邊說邊敲了一下銅鑼。

我急忙用雙手捂住耳朵。

「亮仔，快跟我走！」爺爺一把拉起我的胳膊，把我從椅子上扯了下來。周圍人見爺爺和我打擾了他們聽孝歌，臉上露出不愉快的表情。

「岳雲老頭子你要到哪裡去？」敲鑼人見爺爺驚慌，迷惑不解地問道。

爺爺站了起來說：「你看到的那五個不是人，他們是鬼。他們是一目五先生，可能要害文撒子呢！」爺爺回頭對我說，「你快去找廚房裡討點糯米來。」

我不滿道：「這裡又不是我家，哪裡說要糯米就有的？」

爺爺說：「剛才酒席上有肉丸子，辦喪事的廚房裡肯定還有糯米的，你去找掌廚的討點來。速度快點。要是文撒子被一目五先生吸氣了，那就麻煩了。」

我說：「爺爺，你不是這段時間捉不了鬼嗎？」

爺爺一邊推我快點出去一邊說：「正因為捉不了鬼，才要你去討點糯米來啊！快點快點，別問這麼多了，回來了再問也不遲。」

我不再問了，撒開腿來跑。

剛才我也注意到了桌上有肉丸子。我們這塊地方逢了紅、白事都少不了這道菜。這個肉丸子跟城裡下火鍋吃的菜不一樣，它由斬細了的肉末和生粉拌在一起，然後在表面滾上糯米做成。這樣的肉丸子又香又不油膩，口感相當好。

很快，我在掌廚的那裡借到了一小袋糯米。回到堂屋裡時，爺爺已經在大棚門口等我了。爺爺在大棚的門框上扯了幾根松針在手裡揉捏。

「糯米借到了嗎？」爺爺急急問道。

「嗯，借到了。」我把口袋大小的糯米袋展示給爺爺看。

「走，走，走！」爺爺又拉住我的胳膊，他的手像鉗子一樣夾得我肌肉發痛。

在朦朧的月光下，我跟爺爺踩著虛幻得只剩一根白色絲帶的路奔向文撒子的家。

36

跑到文撒子的家門口，我正準備推開虛掩的大門，爺爺立即做了個制止的手勢。我連忙收回伸出的手。

爺爺到了文撒子家門口反倒從容不迫了。爺爺示意我不要出聲，然後指了指我手中的糯米袋。我把糯米袋遞給他。此時，他的另一隻手裡還捏著幾根松針。

「你有沒有聞到鴨血的味道？」爺爺的聲音降低到不能再低。

我搖了搖頭。我沒有聞到鴨血的味道，即使聞到了，也不可能分清是鴨血的味道還是雞血的味道。對我的鼻子來說，所有動物的血的氣味都沒有差別。

爺爺見我搖頭，便不再說什麼。他把糯米袋打開，將糯米在地上撒了一個圈，然後拉著我一起站在糯米圈裡。我不知道爺爺在做什麼，但是我能夠做的只是盡力配合他。

爺爺拿出從大棚門框上扯下的松針，對著松針哈了幾口氣，像冬天暖手的那樣。然後，爺爺將松針尖細的一端放在右手的虎口，粗大的一端捏在大拇指與食指中間。他緩緩舉起手，舉到齊眉高的時候突然發力，將手中的松針投擲出去。

松針在脫手後變成了針尖向前的姿勢，如一支射出的箭。松針向文撒子臥室的窗戶飛去，文撒子的臥室沒有關玻璃窗戶，但是在外面釘了一層紗網。十幾年前，我們那裡的窗戶都是這樣，紗網是用來遮擋一些蚊子和臭蟲的。

松針剛好撞在了紗網上，然後像碰到了蚊香的蚊子一般無力掉落下來。整個過程都是無聲無息的，屋裡的一目五先生不會發現。

我看出爺爺的手有些抖，也許是反噬作用影響了他的投擲。爺爺做了個深呼吸，再一次舉起了另一個松針。我暗暗地為爺爺鼓一把勁。再一次投出，松針從紗網的空隙中穿過，直接飛入了文撒子的臥室。

緊接著，我聽到文撒子的臥室裡傳來「啪」的一聲。

「媽的！哪裡來的蚊子！螫死我了！」原來是文撒子用巴掌打蚊子的聲音，「不是釘了紗網嗎？怎麼還有蚊子進來！哎喲，螫得真痛！」

我能想像到，那顆松針穿過紗網，直直地扎向了趴著酣睡的文撒子。或許扎在他的大腿上，或許扎在他的臉上，不過這些都不重要，重要的是這下把他給扎痛了，扎醒了。

「咦，你們是誰？你們怎麼到我房間裡來了？」我又聽到文撒子驚訝的聲音。

「你們……你們是一目五先生！」文撒子在房裡驚叫道，「你們真是一目五先生！選婆說你們第一個會來找我，還真讓他說對啦！」

「一目五先生真在裡面啊！」我詫異地看著爺爺，爺爺卻是一臉的平靜。

「我們不要動。」爺爺說。

屋裡傳來磕磕碰碰的聲音，我能想像到文撒子此刻的驚恐。他肯定像鯉魚一樣一躍而起，面對五個鬼後退不迭。手或者腳撞倒了屋裡的東西。

「一目五先生要害文撒子了，我們快進去幫他吧！」我焦躁地看著爺爺，央求道。爺爺一把抓住我的胳膊，不讓我走出糯米圈。

「你們是看我好欺負，先來對付我是吧？」文撒子的語氣由弱轉強，一副捨得一身剮，敢把皇帝拉下馬的氣勢，「我告訴你們，我不怕你們！你們不就是四個瞎子和一個獨眼嗎？啊！我眼睛雖然不好，但是比你們強多了！你們別以為我眼睛不好就敢對我下手！對，我是撒子！他們都叫我文撒子！但是我眼撒心不撒，我心正著呢！我心正不怕鬼敲門！我不怕，我告訴你們，我不怕！想吸我的氣？沒門！你們五個鬼加起來也不過一隻眼，我一個人就有兩隻眼！我怕你們？老子就是撒子也是兩隻眼，也比你們強多了！敢欺負我？哼！」

一連串的大罵從窗戶裡傳出來，比四姥姥罵鬼毫不遜色。

接著，我和爺爺看見一目五先生狼狽地從大門跑出來。那個獨眼鬼出來的時候，看見了站在糯米圈裡的我們。它看了看爺爺，又看了看我，用單隻的眼睛和那個核桃殼一樣的眼洞看著我們。它似乎看出來是我們把它們的晚餐弄醒的，氣咻咻地朝我們瞪眼。可是它見我們站在糯米圈裡，不敢靠近來。

爺爺始終抓住我的胳膊，生怕我主動衝過去。其實我知道爺爺暫時不能捉鬼，心裡還害怕獨眼鬼靠過來呢！哪裡還有勇氣主動跑過去？

我跟爺爺站在糯米圈裡看著一目五先生向大路上走去，漸漸消失在朦朧的夜色裡。而屋裡的文撒子還在罵罵咧咧：「你過來呀，瞎子！獨眼！你過來呀！你過來吸呀，吸我的氣呀！老子不怕你們！虧我們村的老頭子給你們做了靈屋，你們不報恩反而來報仇了是吧！沒有眼睛事小，你們還沒有良心呢！你們五個沒有良心的傢伙！」

爺爺見一目五先生走遠了，這才走出糯米圈，推開門走進文撒子的臥室。我緊隨其後，不時回頭看，生怕一目五先生殺個回馬槍。

「你們居然敢回來？老子拼了！」文撒子見有人進來，立即舉起一隻鞋子砸過來。我和爺爺慌忙躲過文撒子的臭鞋。幸虧他的眼神不好，鞋子沒有砸中我們。

「是我嘞！」爺爺喝道，「瞎扔什麼！它們走遠了。」

文撒子的眼珠轉了幾圈，也不知道他在往哪裡看：「原來是馬師傅哦。哎呀哎呀，沒打著你吧？剛才一目五先生要吸我的氣呢！嚇死我了！哎喲哎喲，我這心窩裡跳得厲害呢！咦，我的鞋子呢？我的鞋哪裡去了？」

我捏著鼻子撿起他的鞋，扔在他的腳下。他彎下腰在地上摸了一圈，終於抓到了他的臭氣烘烘的黃布膠鞋。

「剛才我在作夢，不知道四個瞎子和一個獨眼圍著我要吸氣呢！」文撒子哆哆嗦嗦地穿起鞋，面露慶幸，「幸虧蚊子把我咬醒了。不然我再也醒不了啦！多虧了那隻蚊子。哎喲哎喲，我還把那隻蚊子拍死了呢！牠可是我的救命恩人呢！」

他在床單上一摸，摸到了那根松針。

這時，門外響起了腳步聲。不，那不是腳步聲，而是木棍敲擊地面的聲音，一下一下，跟人走路的節奏一樣，由遠及近。爺爺的眼睛裡頓時冒出了警覺的光芒。難道正是我所擔心的那樣，一目五先生回來了？可是一目五先生沒有這樣的腳步聲……

37

「馬師傅在嗎？」外面的「腳步聲」在門口停住了，並沒有像我們想像的那樣直接破門而入。那個聲音蒼老而悠長，聽到的時候感覺耳朵裡一陣涼意，彷彿誰在耳邊吹進了冷氣。

文撒子兩腿一軟，差點重新趴回到床上。幸虧爺爺在旁邊扶住了他的手。

「馬師傅在嗎？」外面又問了，然後補充道，「如果不是他給我做過靈屋，我是不會來打擾您的。」

我們三個立刻都愣了。它的話是什麼意思？

「你是做靈屋的老頭子叫你來見我的？」爺爺正要說話，文撒子卻搶在前面問道。他剛問完，立刻縮回到爺爺的背後，害怕得像隻見了貓的老鼠。

「你們這裡還有幾個做靈屋的？」帶著涼意的聲音說，「叫我來的那個人就是前幾天去世的那個老頭子，你們說的是他嗎？」

我立即起了一身雞皮疙瘩。做靈屋的老頭子剛死，他怎麼會叫人來？難道他叫來的不是人而是鬼？他叫鬼來幹什麼？不過，它的聲音雖可怕，但是既然是做靈屋的老頭子叫來的，那就不會是什麼不好的事情。這樣一想，我又給自己壯了壯膽。

爺爺簡單地說了句：「進來吧！」

「你，你居然叫它進來？」文撒子畏畏縮縮。

「沒事的，既然是老頭子叫來的，就不會是來害我們的。」爺爺寬慰道。可是文撒子的臉還是嚇得煞白，他慌忙回身去抓了一把剪刀在手裡。

門「吱呀」一聲開了，然後木棍敲擊地面的聲音又響了起來。篤篤篤……

它進來了。我不禁倒吸一口冷氣。

它的長相實在是太醜了。眉毛、鼻子、眼睛和嘴都擠到了一起，總共沒佔臉的三分之一，臉的其他地方顯得空洞無物。而那對耳朵的耳垂顯得太長，像腫瘤一樣吊到了肩上。再看看它的手，手臂長得出奇，巴掌比常人的三倍還大，如芭蕉扇一般。而腳的長度不及常人的十分之一。所以它不知從哪裡弄來了兩根破爛的枴杖，手臂搭在枴杖上也就算了，腳也踩在枴杖的橫木上。這樣一來，不知道該說它手裡的是枴杖還是高蹺了。難怪剛剛走來時發出「篤篤篤」的敲擊聲。

「你把剪刀放回去，好嗎？」它剛進來就毫不客氣地對文撒子說。

文撒子被它這麼一說，反倒更加死死地捏住手裡的剪刀。

「我怕鋒利的東西。」它說。

文撒子看了看爺爺，爺爺點點頭。床邊有個桌子，文撒子緩緩拉開桌子的抽屜，把剪刀放了進去，然後關上了抽屜。

「我聽做靈屋的老頭子說您受了嚴重的反噬作用，打針吃藥都治不了，所以委託我來替您看看。」它說，「我活著的時候是很厲害的醫生，死後會偶爾給一些得病的鬼治病。」它一說話，屋裡的空氣立刻就冷了起來。我能看見它嘴裡的冷氣隨著嘴巴的一張一合散出，像是口裡含著一塊冰。

「他在那邊還好嗎？」爺爺指的是做靈屋的老頭子。

「他不在了。」它說。

「不在了？」爺爺問道。

「我的意思是，他現在已經不在陰間了，他很快就投了胎。下輩子他不愁吃穿，很多鬼都住了他做的靈屋，再投胎做人後會報答他的。」白色的冷氣在它的嘴巴縈繞。

「你是他叫來的？」爺爺問道。

「是啊！我死後從來沒有給人治過病，一是來一趟不容易，撞上了熟人難免起了掛牽之情；二是害怕看見鋒利的東西。我自己拿著鋒利的東西，生前給人動手術，死後給鬼做治療，從來不害怕。但是看見別人拿著鋒利的東西我就害怕。」它說道。空氣更加冷了。我忍不住打了個響亮的噴嚏。文撒子也在擤鼻涕了。只有爺爺好像沒有感覺，神態自若。

爺爺點點頭：「那真是難為你來一趟了。」

它用那個寬大的巴掌摸了摸自己的腦袋，那個巴掌簡直可以當它的帽子了。它說：「沒有辦法，要不是做靈屋的老頭子交代，我才不願意來呢！不過得了人家的恩情就要回報人家好處，老頭子的心願我必須來幫他完成啊！嘿嘿，我現在還說他老頭子，不知道現在他是不是已經變成一個胖小子了呢？」

「哪有這麼快生產的？他才投胎，還是娘肚裡的一塊肉呢！」爺爺笑道。

「那倒是。嘿嘿。」它又笑了，笑聲鑽到耳朵裡同樣是冷冰冰的。

文撒子低聲道：「馬師傅，你不是說醫生治不好你的病，只有鬼醫生才能治好嗎？現在老頭子把鬼醫生都派來給你治病了。那個老頭子還真夠意思啊！不但在捉女色鬼和瑰道士的時候幫做那麼多的紙屋，還知道你受了反噬派鬼醫生來給你治療啊！」

正在說話間，窗外飄飄忽忽傳來白髮女子的孝歌聲。

鬼醫生低頭聽了一聽，說：「這個女的唱孝歌唱得真好！可惜我死的時候沒有這麼厲害的唱孝歌的行家。給我唱孝歌的那個人嗓音太破，唱得我恨不能抽他一巴掌再走。」它又笑了。我不知道它是打趣還是說認真的。

屋裡的空氣愈加冷了。我開始不住地打哆嗦。而文撒子的嘴唇也開始抖了。

「你們兩個先出去吧！我要給馬師傅治療了，雞叫之前我還得走呢！」鬼醫生說。

文撒子早就等不及要出去了，他已經凍得不會說話了。我卻想守在爺爺的身邊。

爺爺看出了我的想法，寬慰我說：「出去吧！一會兒就好了。」

鬼醫生感興趣地問道：「這個就是您的外孫？」

爺爺笑著點頭稱是。

「老頭子也跟我說起過您的外孫呢！」鬼醫生說。它對我笑笑，那張擠在一起的臉看得我不舒服。

「你騙人！你不是老頭子派來的鬼醫生！」我歇斯底里地大喊道。

38

「你怎麼了？」走到門口的文撒子聽見我的叫喊，將跨出的腿收了回來，滿臉狐疑地看著我問道。他將手伸到我的額頭，要看看我是不是在說胡話。我一把打開文撒子的手。

「它不是鬼醫生！」我指著眼睛、鼻子、嘴巴擠到一塊兒的那張臉喊道。而這張醜陋的臉出奇冷清地面對著我，沒有一絲驚慌。這讓我非常詫異。

難道我猜錯了？一時間我有些慌亂，對自己的判斷產生了懷疑。

「它不是鬼醫生？那它是什麼？」文撒子反問道。雖然他不認為我說的是真的，但是已經開始害怕了。

鬼醫生也愣愣地看著我，似乎對我突然懷疑它的真假感到無辜。爺爺也看著我，他的眼神鼓勵我給出合理的解釋。同時，爺爺的眼神告訴我，雖然我還沒有說出理由，但是他已經相信了我的話。立刻，我的自信裝得滿滿的，徹底拋棄了對自己的懷疑。

我揉了揉太陽穴，說：「首先，它說的話就有假。它說它是做靈屋的老頭子叫來的。老頭子還沒有出葬，道士的超渡法事也還沒有做完，他老人家的魂魄還在肉身上，不可能遇見它並且叫它來幫爺爺治病。更不會像它所說的早早投了胎。它這樣說，是怕我們問起老頭子的魂魄為什麼不一起來。就算老頭子出葬了，在第七個回魂夜老頭子的魂魄也會回來看一趟，不可能這麼早投胎。其次，怕鋒利器具的鬼一般是未成年的鬼。一個人還沒有成年就去世了，他是不可能擁有高超醫術的。所以，它說來給爺爺看病的也是謊話！」

「你的意思是，它是夭折的鬼？它不是來給馬師傅看病的？」文撒子驚問道，兩眼瞪得像過年的燈籠。

我自信滿滿地回答：「如果它不是假裝怕你手裡的剪刀的話，我敢肯定它是一個未成年的鬼。因為一般只有未成年的小鬼才會害怕這些東西。」《百術驅》上有講，雖然諸如剪刀、針、刺這類鋒利的東西對未成年的鬼起不了實質性的作用，但是未成年的小鬼還是比較害怕這些東西。這也許是他們活著的時候父母警告他們遠離鋒利物品，造成他們死後仍然害怕的原因。我邊說邊用眼角的餘光注意鬼醫生的表情變化，可是它居然像石雕一樣對我的話沒有半點反應。

文撒子拍著巴掌喊道：「是呀！我怎麼就沒有想到呢？馬師傅，你怎麼也沒有想到呢？」

爺爺淡淡一笑。文撒子不明白爺爺的笑的意味，我也不明白。

文撒子轉而指著鬼醫生喊道：「你是誰？不，你是什麼鬼？既然敢來圖害馬師傅？」

鬼醫生的表情跟爺爺一樣淡然，嘴角拉出一個輕蔑的笑。

文撒子恐嚇道：「剛才一目五先生都被我趕走了，我們不怕你！別的鬼見了馬師傅都會繞著走的，你居然敢送上門來！快快招來，你到底是什麼東西！」文撒子的唾沫星子噴了它一臉。

奇怪的是，它居然無動於衷。如果是一目五先生，只要聽見別人叫出它們的名字就會迅速消失得無影無蹤。它不但不害怕我看破了它的偽裝，卻淡然地看了看我，看了看文撒子，再看了看爺爺。

文撒子說話的底氣雖足，可是看見「鬼醫生」看他，嚇得連忙退到門外，手扶門框，臉上的一塊肌肉抽搐不已。

「亮仔說得不錯，它不是老頭子叫來的，不用看它怕不怕鋒利的東西，只憑這個不成熟的謊言，我就知道，它是一個夭折的鬼，不是成年的鬼。」爺爺還是保持著臉上的笑容不變。

「那，那它是誰？不，不，它是什麼鬼？」文撒子雙手抓住門框問道。他的雙腳不停地抬起、放下，彷彿尿急一樣。

「你是箢箕鬼。你終於找我復仇來了。」爺爺目光如燭，照在這個拄著枴杖不像枴杖、高蹺不像高蹺的雙木的怪物身上。

「它是箢箕鬼？」

這次不光是文撒子，我也深深吸了口冷氣！

它居然是箢箕鬼？雖然我看穿了它假的鬼醫生的身分，但是對它是箢箕鬼還沒有一點心理防備。

爺爺釘竹釘禁錮箢箕鬼的情景我還記憶猶新，我早就知道它還會來找爺爺復仇的。我還記得我跟爺爺在化鬼窩裡跟箢箕鬼鬥智鬥勇的畫面，爺爺敲最後一根竹釘的時候，竹釘不但不進入土地，反而升起來一些。後來我在箢箕鬼的墳的另一頭拔下一根竹釘，然後跟爺爺一起敲擊才將禁錮的陣勢弄好。當時我就有不好的預感，但是擔心爺爺笑話我膽小一直沒有再提。

後來，植入月季的剋孢鬼遭遇了箢箕鬼，月季託夢告訴了我。因為爺爺正在一心一意地對付鬼妓，我再一次沒有說給爺爺聽。

再後來，我仔細查看了《百術驅》分開的地方，箢箕鬼的內容剛好分成了兩半。爺爺按照前半部分的要求做了，卻遺漏了後半部分的警示。那就是竹釘釘住箢箕鬼後，還要在墓碑上淋上雄雞的血，然後燒三斤三兩的紙錢。《百術驅》上解釋說，淋上雄雞血可以鎮住箢箕鬼，燒三斤三兩紙錢則是為了安撫它，這就叫做一手打一手摸。

如果不這樣的話，箢箕鬼只能暫時被禁錮。等到竹釘出現鬆動或者腐爛，箢箕鬼就能擺脫竹釘的禁錮。

逃脫掉的箢箕鬼的實力是原來的十倍，它會瘋狂報復當年禁錮它的人。它會比原來的怨氣更大，這樣的箢箕鬼也更難以對付。

而今，趁著爺爺遭到嚴重反噬作用的機會，箢箕鬼回來了。它選擇的時機可謂好到不能再好了。

可是，它又不像我先前認識的那個箢箕鬼。

39

我記憶中的窕箕鬼是個小男孩。小男孩的枯黃頭髮長及肩，眉毛短而粗，像是用蠟筆粗略畫成。臉色煞白，嘴唇朱紅。我第一次看見它時，它穿著過於粗大的紅色外衣，上衣蓋到了膝蓋，膝蓋以下隱沒在荒草裡。整個看起來像死後放在棺材裡的屍體，煞是嚇人。

而面前這個爺爺稱之為「窕箕鬼」的醜陋的它，看不出哪裡有一點點小男孩的痕跡。

「好了，該說的我外孫都幫我說完了，你把你的芭蕉扇和甘蔗都拿下來吧！」爺爺對窕箕鬼說。

芭蕉扇？甘蔗？爺爺說的話怎麼前言不搭後語？我心底迷惑不已。看看文撒子，他更是一臉的茫然。

窕箕鬼冷靜得很，也許是因為它知道此時的爺爺已經威脅不到它，而我和文撒子更加不是它的對手，它才敢這麼囂張。「沒想到被你們識破了。」它冷笑道。它的聲音變了，變回了小男孩的聲音，但是嘴裡仍舊冒出冷氣。屋裡的空氣溫度繼續下降。我看見爺爺的眉毛上結了一層白色的霜。我凍得手腳麻木了，而爺爺似乎受不到冷氣的侵襲，一點冷的動作都沒有。

接下來它的動作令我吃驚。它用左手掐住自己右手的手腕，狠狠一扯，像在樹上摘樹葉那樣，將右手從手臂上摘了下來！然後，它用嘴咬住左手的手腕，狠狠一拽，又將左手從手臂上咬了下來！

文撒子被篼箕鬼的動作嚇得失聲尖叫！他的臉嚴重地變了形！這恐怕是他一生中所見過的最為恐怖的一幕！

篼箕鬼的嘴巴一鬆，它的兩隻手就掉落下來。然後，它放下了兩根楞杖不像楞杖、高蹺不像高蹺的木棍。一下子，矮了許多，甚至還不及我的腰高。

「嘿嘿。」它咧嘴一笑，露出幾顆墨黑腐爛的牙齒。牙齒不像正常人那樣整整齊齊，而像老太婆一樣稀稀落落，並且上寬下尖，像食肉動物的犬牙。我記得，當初打破了腦袋的篼箕鬼牙齒還沒有長全，因為篼箕鬼是剛生下來七天就死掉的嬰兒，連乳牙都不可能長出來。可是現在，它居然長出了上寬下尖的牙齒！

它抖了抖沒了手掌的手臂，在斷腕處居然又長出了兩隻白白嫩嫩的小手！一如剛出生的小孩那樣柔嫩的小手！

再看地上的斷手和木棍，卻變成了兩個枯萎的芭蕉葉和兩截爛甘蔗。

難怪它的手大得離奇，原來它是用芭蕉葉做的！那兩個畸形的木棍是甘蔗幻化出來的。這說明它的障眼術已經熟練到了一定的程度。原來爺爺早就看出了它是假的鬼醫生。可是爺爺為什麼不早早告訴我們呢？

顯然，筕篔鬼有意假借鬼醫生之名把我和文撒子騙出去，騙得爺爺的信任，然後單獨報復當初降伏它的爺爺。它的計謀不可謂不巧妙，可是它沒有料到我會捅破它的謊言，更沒有料到爺爺在看見它的第一眼就識破了它的幻術。

筕篔鬼丟掉了芭蕉葉和爛甘蔗，終於顯現出原來的面目。只是眼睛、鼻子、嘴巴仍擠在一塊兒，醜陋不堪。後來我才知道，它的腦袋因為當初被鋤頭打破，癒合的時候不能恢復原樣，就變成現在這副醜陋模樣了。

「都怪你們當初下手太狠了，讓我心裡的怨念遲遲無法消解。今天，就是我來報復你們這些狠心人的時候了。」筕篔鬼咬牙切齒道，「現在我的實力可不是原來那樣弱了，現在有你們的好果子吃了！」

爺爺從容道：「你已經害得馬屠夫死了好幾個兒子，你造的孽也足以使你從餓鬼道墜入地獄道了。你現在還不快快醒悟，早點更改你的惡性，卻要使你自己墜入深淵嗎？難道你就不怕墜入地獄的最底層阿鼻地獄[4]嗎？」

菀箕鬼聽到爺爺提及「阿鼻地獄」，不禁渾身一顫。

說到餓鬼道和地獄道，我早聽爺爺講過很多遍。

餓鬼道的痛苦比地獄道要少，但是比畜牲道要大。餓鬼道與地獄道的共同點是兩道之中的眾生都是鬼類，沒有人的存在。人是屬於人道的。

地獄道的眾生，以我們平常人的眼睛是見不到的。餓鬼道的眾生，則可以用肉眼得見。餓鬼散居於不同的地方，有些在陰間，有些也散居於人間的世界。在人口眾多的地方，不太可能有餓鬼道的眾生流連。但在曠野中，或者在萬籟俱靜的晚上，餓鬼道的眾生或許就會出來，尤其是一些怨念未消的冤鬼，甚至有些冤氣太大的鬼還敢在人口眾多的地方出現。

除了部分實力強大的冤鬼，如水鬼、菀箕鬼、吊頸鬼等，餓鬼道的眾生大多承受著在黑暗中流連的飢渴與不堪的痛苦，同時也被其道中勢力強大者欺壓，比如瑰道士控制紅毛鬼。這些實力弱小的餓鬼可被區分為外障鬼、內障鬼及飲食障鬼三大類。

因為過往業力[5]，外障鬼經年遭遇種種外在的障礙，令其不得進食。它們的肚子很大，

註4.阿鼻地獄：永受痛苦的無間地獄，出自《法華經．法師功德品》。
註5.業力：印度宗教一個普遍的觀念。認為一個人的行為在道德上所產生的結果會影響其未來命運的學說。

永遠不會吃飽。它們的腳卻十分幼細，猶如快斷的乾柴枝般，幾乎承受不住身體的重量。在遠遠見到有食物時，它們只好跌跌碰碰地勉力向前走近，但當接近食物時，由於其業力之緣故，食物便會變為各種不能吃的東西，飲料也會化為痰、膿血或尿等不能飲用的液體。此外，外障鬼一胎便會生下多個鬼子，而且鬼母的母性極重，愛子如命，偏偏卻找不到足夠食物來照顧子女，徒增痛苦。

內障鬼的口噴烈火，喉如針孔般小，所以即使成功覓得食物，也無法下嚥。即使它們能嚥下食品，這些食物入肚後，不但不令它們感到飽足，反而會令肚如火燒，痛苦非常。

飲食障鬼凡見食物，食物即變火焰、武器或種種不能供食用的東西。在餓鬼望向一條河時，全條河便會乾涸，令其不得解渴。這是因為餓鬼道眾生之業力罪重而福報極低的緣故。

道士幫助餓鬼道眾生，一般用修持薰煙施食供養法或小施法等。透過佛力及咒力之加持，道士可以令薰出的煙或所施的水變為救渡餓鬼的飲食品，從而解除它們的痛苦。

爺爺恐嚇筬箕鬼「墜入地獄道」，是有他的道理的。因為地獄道比餓鬼道的痛苦要多得多。

說到地獄道，普通人最先想起的就是「十八層地獄」了。

十八層地獄的「層」不是指空間的上下，而是在於時間和內容上，尤其在時間之上。

十八層地獄是以生前所犯罪行的輕重來決定受罪時間的長短。每一層地獄比之前一層增苦二十倍和增壽一倍，全是刀兵殺傷、大火大熱、大寒大凍、大坑大穀等刑罰。當到了第十八層地獄時，苦痛已經無法形容，也無法計算出獄的日期了。

第一層，拔舌地獄：凡在世之人，挑撥離間、誹謗害人、油嘴滑舌、巧言相辯、說謊騙人。死後被打入拔舌地獄，小鬼掰開來人的嘴，用鐵鉗夾住舌頭，生生拔下，非一下拔下，而是拉長，慢慢地拽。後入剪刀地獄、鐵樹地獄。

第二層，剪刀地獄：在陽間，若婦人的丈夫不幸提前死去，她便守了寡，你若唆使她再嫁，或是為她牽線搭橋，那麼你死後就會被打入剪刀地獄，剪斷你的十根手指！當然，這裡是指居心不良的牽線搭橋。如果確實是美好的再造姻緣，牽線人自然不但無過，反而有功德。

第三層，鐵樹地獄：凡在世時離間骨肉，挑唆父子、兄弟、姐妹、夫妻不和之人，死後入鐵樹地獄。樹上皆利刃，自來後背皮下挑入，吊於鐵樹之上。待此過後，還要入拔舌地獄、蒸籠地獄。

第四層，孽鏡地獄：如果在陽世犯了罪，若其不吐真情，或是走通門路，上下打點固旃海，就算其逃過了懲罰，到地府報到，打入孽鏡地獄，照此鏡而顯現罪狀。然後分別打入不同地獄受罪。

第五層，蒸籠地獄：有種人平日裡家長裡短、以訛傳訛、陷害、誹謗他人。就是人們常說的長舌婦。這種人死後，則被打入蒸籠地獄，投入蒸籠裡蒸。不但如此，蒸過以後，冷風吹過，重塑人身，帶入拔舌地獄。

第六層，銅柱地獄：惡意縱火或為毀滅罪證、報復、放火害命者，死後打入銅柱地獄。小鬼們扒光你的衣服，讓你裸體抱住一根直徑一米、高兩米的銅柱筒。在筒內燃燒炭火，並不停搧鼓風，很快銅柱筒通紅。

第七層，刀山地獄：褻瀆神靈者，你不信沒關係，但你不能褻瀆他；殺牲者，別提殺人，就說你生前殺過牛呀、馬呀、貓、狗，因為牠們也是生命，也許牠們的前生也是人。因為陰間不同於陽間，那裡沒有高低貴賤之分，牛、馬、貓、狗以及人，來者統稱為生靈。犯以上二罪之一者，死後被打入刀山地獄，脫光衣物，令其赤身裸體爬上刀山，視其罪過輕重，也許「常駐」刀山之上。

第八層，冰山地獄：凡謀害親夫、與人通姦、惡意墮胎的惡婦，死後打入冰山地獄。令其脫光衣服，裸體上冰山。另外還有賭博成性、不孝敬父母、不仁不義之人，令其裸體上冰山。

第九層，油鍋地獄：賣淫嫖娼、盜賊搶劫、欺善凌弱、拐騙婦女兒童、誣告誹謗他人、謀佔他人財產妻室之人，死後打入油鍋地獄，剝光衣服投入熱油鍋內翻炸。

第十層，牛坑地獄：這是一層為畜生申冤的地獄。凡在世之人隨意誅殺牲畜，死後打入牛坑地獄。投入坑中，數隻野牛襲來，牛角頂，牛蹄踩。

第十一層，石壓地獄：若在世之人，產下一嬰兒，無論是何原因，如嬰兒天生呆傻、殘疾；或是因重男輕女等原因，將嬰兒溺死、拋棄。這種人死後打入石壓地獄。為一方形大石池，上用繩索吊一與之大小相同的巨石，將人放入池中，用斧砍斷繩索，使大石壓身。

第十二層，舂臼地獄：此獄頗為稀奇，就是人在世時，如果你浪費糧食，蹧蹋五穀，比如說吃剩的酒席隨意倒掉，或是不喜歡吃的東西吃兩口就扔掉。死後將打入舂臼地獄，放入臼內舂殺。

第十三層，血池地獄：凡不尊敬他人、不孝敬父母、不正直、歪門邪道之人，死後將打入血池地獄，投入血池中受苦。

第十四層，枉死地獄：要知道，做為人身來到這個世界是非常不容易的，是閻王爺給你的機會。如果你不珍惜，去自殺，如割脈死、服毒死、上吊死等人，激怒閻王爺，死後打入枉死牢獄，就再也別想為人了。

第十五層，磔刑地獄：挖墳掘墓之人，死後將打入磔刑地獄，處磔刑。

第十六層，火山地獄：損公肥私、行賄受賄、偷雞摸狗、搶劫錢財、放火之人，死後將打入火山地獄。被趕入火山之中活燒而不死。另外還有犯戒的和尚、道士，也被趕入火山之中。

第十七層，石磨地獄：糟蹋五穀、賊人小偷、貪官污吏、欺壓百姓之人死後將打入石磨地獄。磨成肉醬，後重塑人身再磨！

第十八層，刀鋸地獄：偷工減料、欺上瞞下、拐誘婦女兒童、買賣不公之人，死後將打入刀鋸地獄。把來人衣服脫光，呈「大」字形捆綁於四根木樁之上，由襠部開始至頭部，用鋸鋸斃。

這十八層地獄是專門對人生前所做過孽障的人進行懲罰的。其實，除了這十八層地獄，還有專門對鬼懲罰的八炎火地獄、八寒地獄和八熱地獄。

人作惡後會打入十八層地獄，而鬼作惡後則會打入八炎火地獄、八寒地獄和八熱地獄其中的一種。而八熱地獄的最底層就是令人聞之喪膽的阿鼻地獄，亦即無間地獄。

40

「阿鼻地獄？」篼箕鬼遲疑了一下，可是它沒有被爺爺的話嚇住，眼睛裡的驚慌一閃而過，隨即被兇狠替代。它冷笑道：「我的腦袋被你們打破了，不比阿鼻地獄差多少。你們看看我的頭，已經變成什麼形狀了！」

文撒子辯道：「你害得馬屠夫還不慘嗎？你的只是外傷，他做為一個父親，受的是內傷。」我猜想文撒子本來要說「心傷」，可是一時說快了說成「內傷」了。

「我可不管這麼多，以牙還牙是我的本性。」篼箕鬼恨恨說道。它張開的嘴巴裡腐爛的牙齒一覽無遺。

文撒子嚇得連退幾步，但是嘴巴仍不示弱：「誰怕你一個小娃娃以牙還牙？你一個小娃娃，打人不過用手撓，用腳踢，用嘴咬，還能有什麼招式？」

文撒子的話倒是提醒了我。在篼箕鬼丟了芭蕉葉和爛甘蔗後，它的原形並沒有什麼特別之處。它雖然是惡鬼，但是本性還屬於小孩子，打架的招式應該和小孩子打架差不多，毫無章法。只是那口牙齒嚇人，只要不讓它咬到應該就沒有多大的事。

不過我還沒有想到什麼好方法不讓它的牙齒咬到我。

可是事實往往出乎意料之外。箢箕鬼聽了文撒子的話，像狼一樣伸長了脖子大嚎一聲。那嚎叫聲異常刺耳，像被刺痛了的孩子嗓子撕裂般哭叫。

我們三個人都緊緊捂住耳朵，可是那聲音如瞎眼的蝙蝠一般直往我們的耳朵裡鑽。

不知它的嚎叫聲持續了多久。我們幾個一直不敢把手從耳邊拿開，生怕一拿開耳膜就震裂了。

嚎叫的它也彷彿拼盡了所有的力氣，兩眼鼓脹，臉色變土，青筋暴出！它的雙手平伸，手掌狠狠地抓撓空氣；它的雙腳叉開，腳掌狠狠摩擦地面。整個形狀如一個「大」字。

文撒子已經痛得蹲了下來。箢箕鬼這才停止了嚎叫。

我放下手，可耳朵裡還是嗡嗡作響，如同被人摑了一巴掌，而那巴掌剛好打在了耳朵上。我的臉上和耳朵都火辣辣的痛。

爺爺也對箢箕鬼的這聲嚎叫猝不及防。我看了看爺爺，愣了。

爺爺的臉上有兩個紅紅的手印！

再看看文撒子，他的臉上居然也有兩個紅手印！他的皮膚因為比爺爺白，所以臉上的手印更加紅。

不用說，臉上火辣辣的感覺告訴我，我的臉上也不可避免地會有兩個紅手印。原來不是好像被摑了巴掌，而是真實的！

可是，篼箕鬼的手並沒有伸過來。

難道，它的力量是透過刺耳的聲音摑在了我們的臉上？

「夠了！」一個聲音大喊道。

「嗯？」文撒子兩手護臉左看右看，不知道「夠了」是誰說出來的。我和爺爺也是面面相覷，篼箕鬼也一驚。這是一個女人的聲音，可是屋裡四個人都是男性。

「把你腦袋打破還算是對你客氣的，我看還要把你手腳都打斷，你才能安分點。不見棺材不掉淚的東西！」還是這個女人的聲音，說話比較狠。

聲音就在耳邊，可是我分不出這聲音是從哪裡傳來的，彷彿是從窗外傳來，又彷彿是從屋頂傳來。不光是我，就是爺爺和文撒子也是左顧右盼，顯然他們也聽到了聲音但是找不到聲源。

「妳，妳是……」篼箕鬼有些心虛了。

還沒等篼箕鬼後面的話說出來，那個女聲打斷它說：「對，你知道我。所以，你最好老實一點。雖然我曾是你的同類，但是我絕不會幫你的。你敢趁著馬師傅反噬期間起壞心的話，小心我來收拾你這個醜陋的傢伙！」

我心中一喜，幸虧來者是向著我們的，爺爺現在已經沒有力量跟筅箕鬼鬥了，如果筅箕鬼趁著這個機會要對爺爺和我下手的話，我們還真沒有辦法。

「它是誰？」爺爺問文撒子。

文撒子看了看爺爺，迷惑道：「我還正要問您呢！」爺爺看了看我，我搖搖頭。

「妳為什麼跟我過不去？」筅箕鬼對著空氣喊道。剛才那聲音果然有效，筅箕鬼一邊喊一邊退步拉開跟爺爺之間的距離。看來它暫時不敢對爺爺怎麼樣了，「我跟妳沒有什麼過節吧？妳為什麼要阻礙我？」

「因為……馬師傅和他的外孫給了我新生。」女聲音回答道。

「好！」筅箕鬼說了聲「好」，卻再也說不出話來。不知道它那個「好」是答應那個女聲音，還是表達心中不能發洩的怒火。

「知趣的快給我離開！」那個女聲音沒有絲毫的客氣。

「好！」筅箕鬼又說了一次。眼睛裡的凶光並沒有因此消失。

筅箕鬼撿起了地上的芭蕉葉和爛甘蔗，倒退著走了出去。走到門口的時候，它一個返身，消失在茫茫的黑夜中。

我們連忙跟著趕出門來，想知道剛才發出聲音的到底是誰。可是，門外什麼人也沒有。

文撒子急忙繞著自家房子走了一圈，一無所獲。

「沒有見到人，也沒有見到其他異常的東西。」文撒子攤開雙手說。

爺爺的眉頭擰緊了。

「您想起了什麼嗎？那個聲音說您跟您的外孫給了它新生。它可能是把你們當作救命恩人了。你們想一想，難道腦袋裡沒有相關的記憶嗎？」文撒子問道。他的恐懼還沒有完全消去，問話的時候手還有些抖，聲音也有些顫。

爺爺嘆了口氣：「可能是我曾經救過的哪個鬼吧？是我收服過的哪個鬼也說不定。剛才的聲音判斷不出從哪裡傳來的，應該不是普通的人發出的聲音。可是我捉鬼這麼久了，要說哪個鬼會記得我，我也說不清楚。」

文撒子跟著嘆了口氣，說：「也是。」

我看了看周圍。因為文撒子的家在村子的最前頭，所以從這個角度能看到這個村子的大半部分。這個村子在夜色的籠罩下顯得那樣祥和。白髮女子的孝歌順著風飄到了這個村子裡的各個角落。

這樣的歌聲不會驚擾熟睡人的夢，卻會像水一樣滲入各個不同的夢裡。

41

「真是怪事，剛才是誰的聲音呢？怎麼臉都不露一下？」文撒子撓了撓後腦勺，「幸虧剛才的聲音，不然我們可都栽在箢箕鬼的手裡了。我還說要請歪道士來幫忙制伏一目五先生呢！沒有想到還有更麻煩的東西出現了。難怪孔夫子說，禍不單行呢！一來就來一雙。」

這裡讀書很少的人認為所有的字、所有的詞都是孔子一個人發明的。

「哎呀，還要感謝那隻叮我的蚊子呢！要不是叮我一下，我恐怕被一目五先生吸完了精氣還不知道哦！」文撒子拍了個響亮的巴掌，「可是我還把牠給拍死了。」

我不禁一笑，但是不把爺爺做的事說穿。

聽到我笑聲，文撒子這才想起我和爺爺還站在旁邊：「哎喲，我差點忘記了你們還在這裡呢！快，快，進屋喝點茶吧！剛剛的事情真是驚險，我都喘不過氣來了。來來，喝點茶歇息一下，壓壓驚。」

「歇息就不用了，天色很晚了，我和我外孫都要回去，還要趕路。不過你給我們倒點茶吧！我還真有點渴了。」爺爺揮揮手把文撒子朝屋裡趕，叫他快點倒茶來給我們喝。

這時，一個人走了過來，邊走邊急急地喊爺爺：「馬師傅呀，要喝茶到我家去喝吧！」

爺爺瞇起眼睛看了看來者，不知道那個人是誰。爺爺說：「就不用麻煩你啦！喝茶哪還有這麼多講究的？在文撒子家喝點就可以了。我還要回去呢！下回啊，下回有機會到你家喝茶。」

那個人說：「那可不行，今晚你非得到我家去一趟，我家的小娃娃夜尿太多了，您得去幫忙看看。這不像正常現象。」那個人終於走近了。是個年輕的婦女，胸前的兩團非常大。

文撒子見了，連忙打招呼：「原來是弟妹哦！你家的娃娃又不聽話了？叫馬師傅帶兩個鬼去嚇嚇他，是吧？」

「你文撒子盡睜眼說瞎話，小孩子能見那些嚇人的東西嗎？不把魂魄給嚇跑了？做伯伯的也不知道疼姪子。」那個年輕婦女半開玩笑半認真地說。可以看出，她是個性格開朗的女人。不過她的口音不像本地人。

文撒子笑道：「妳是外來的媳婦，聽了一點關於馬師傅的事情，就以為他的方術什麼都能治好是吧？他掐時捉鬼有一套，但是不管看病賣藥。妳家孩子夜尿多，應該去找醫生，怎麼來找馬師傅呢？」

「可以的。」我插嘴道。爺爺也點點頭。

「這也可以？」文撒子懷疑地看著我。

「要拜雞做乾哥。」我說。

那個婦女馬上說：「是啊是啊！我在家裡做姑娘的時候也聽別人講過呢！說小孩子夜尿多要拜雞做乾哥。但是我沒有記住到底應該怎麼做。」這裡結了婚的女人說自己還沒有結婚之前的日子時，一般喜歡說「我在家做姑娘的時候」，而不說「我結婚之前」。

「拜雞做乾哥？」文撒子哭笑不得。

我之所以能回答出來，是因為爺爺曾經也給我做過同樣的「置肇」。我小時候也經常夜裡在床上「畫地圖」，媽媽一天要給我換一次床單。有時一個床單還沒有乾，另一個床單又濕了。媽媽只好把床單換個邊，然後將就用。後來爺爺給媽媽出了個點子，就是拜雞做乾哥。

爺爺搓了搓了巴掌，說：「那好吧！到妳家喝茶去。順便幫妳家小娃娃置肇一下。走吧！妳帶路。」

年輕婦女見爺爺答應了，高興得差點腳尖離地蹦起來，說了一連串的謝謝。

文撒子把門鎖了，鑰匙在手指上轉了一圈，說：「我也去看個新鮮。」

爺爺爽朗一笑，笑聲在這個寂靜的夜裡顯得悠揚。

年輕婦女帶著我們幾個穿過幾條小巷，轉了幾個小彎，就到了她家。剛到她家門口，屋裡便傳來一聲響亮的嬰兒的哭聲。接著是一個老人的聲音：「哦。哦。寶寶乖，寶寶乖，不要哭不要哭。哎呀，怎麼又把床單尿濕了？這樣尿了幾次了，都沒有可以睡覺的地方啦！」

年輕婦女解釋道：「孩子他爸不想事，還在大棚裡聽孝歌呢！他可不管孩子的，全靠我和他老母親帶孩子。」

她仰起脖子喊：「媽，我帶馬師傅來了，開門吧！」

巍巍顫顫的腳步聲在屋裡響起，一直延伸到大門後。「哐噹」一聲，門閂被拉開。接著門發出沉悶的支吾聲，一個老太太的頭在門縫裡露了出來。

一見老太太，我嚇了一跳。

這位老太太實在太矮了，如果不低頭的話，我幾乎沒有看見她就站在我面前。她的背駝得非常厲害，幾乎彎成了一個圓圈。她手腳瘦小到讓人吃驚的地步。簡直就是一個放大了很多倍的蝸牛。

她將手垂下來，手指幾乎挨著了腳背。這給我造成一種錯覺——她是靠四肢爬行的。真不敢想像她剛才是怎樣打開門閂的。

爺爺見了老太太，連忙彎下腰去握了握她的手，溫和地說：「李娭毑，您老身體還好吧？」娭毑是對老婆婆的另一種稱呼。我瞥了一眼老太太的手，瘦小而乾枯，彷彿雞爪。

爺爺很少主動跟人握手。可以看出爺爺見了同年輩的人或者比自己年長的人有更多的尊敬。但是在我看來，這更多的是一種惺惺相惜。這個時代已經跟他們那個時代完全不同，他們像一群被時代遺棄的人。

文撒子的話更是加劇我的這種想法。文撒子用殘酷的打趣方式問候老太太：「李娭毑，您老怎麼越長越矮了啊？」他學著爺爺那樣彎腰跟老太太握手。

老太太連忙笑瞇瞇地說：「好，好。」對文撒子不懷好意的打趣並不生氣。

42

「家裡有養雞嗎？」爺爺直接進入主題。

「有，有。」老太太連忙答應道。她抬手指了指堂屋裡的一個角落，說：「那裡有一個雞籠。」

我們幾個伸長了脖子朝老太太指的方向看去，漆黑一片，什麼也看不到。

「你們年輕人都看不到嗎？我這麼老了還能看見呢！真是，現在的人眼睛都越來越不好了。」老太太一邊說一邊朝那個黑暗角落走過去。她的手仍垂在腳背上，走起路來和爬行真沒有什麼區別。

她說得對。現在的人眼睛整體視力水準確實一日不如一日。十幾年前，如果看見有人戴眼鏡，必定以為那人是很嚴肅的知識份子，心裡陡然升起一股敬畏之情。而現在，從學校裡走出來的人絕大多數都戴著眼鏡，有的孩子不過十歲就已經戴上了眼鏡，在那時這種現象幾乎是不可能在現實中發生的。

我還記得，當我站在家門前向大路上尋找爺爺的身影時，爺爺卻早已看見了我，並且揮手喊道：「亮仔，亮仔！」

有時我甚至懷疑，是不是從他們那輩人開始，人類的整體視力就出現了下滑。

老太太走到黑暗角落，她的半個身子隱藏在黑暗裡不見了，我只能看見她還算清晰的腦袋和肩膀。她將手伸進黑暗角落裡捉住什麼一搖，立即響起了一片雞鳴。「咯咯咯」的雞的爭吵聲在耳邊聒噪。牠們或許在埋怨老太太打擾了牠們的睡眠，正發小脾氣呢！

「果然是有雞的。」文撒子撇嘴道，一副不可相信的模樣。

年輕婦女笑道：「婆婆不常在外面走動，家裡的一雜一物都被她記在心裡啦！別說雞籠，就是一根繡花針不見了，她閉著眼睛都能在這屋裡找到。這個房子跟她熟得很呢！」年輕婦女的話裡有掩飾不住的自豪。

我奇異於她說的「房子跟她熟得很」，卻不說「她很熟悉這個房子」，好像房子是個人，能跟老太太交流似的。

不過轉念一想，很多人隨著日漸衰老，走動範圍也日益縮小。最後僅僅侷限於自己的房子周圍，把居住的房子當成了生活的碉堡，寸步不離。他們確實可以做到熟悉房子的每一寸地方，哪裡有一個小坑，哪裡有一個裂縫，那個小坑是不是比昨天大了一些，那個裂縫是不是比昨天多了一點延伸，他們都可以做到瞭若指掌。他們不把這些說給別人聽，但他們把這些細微的變化都記在心裡。

他們和他們的房子，共守這些秘密。像配合默契的夥伴，悄悄走完他們的一生。所以，年輕婦女說「房子跟她熟得很」也是有一定道理的。也許，她也是這樣看待老太太和這間老房子的。

老太太從黑暗角落裡走出來，抱怨道：「我這個孫子別的都好，就一樣不好。白天不屙尿，怎麼逗他要他屙，就是沒有用。到了晚上就在床單上畫地圖。天天要換床單，洗床單倒是不怕，可是到了晚上睡覺連塊乾地方都找不到。」

我們這裡的方言跟普通話在用詞方面有些差別。普通話裡說大小便的時候分別用「屙」

和「撒」，但是這裡的方言把大小便的動作統稱為「屙」。還有，普通話裡說「吃飯」、「喝水」，而這裡的方言說「吃飯」、「吃茶」。留別人在家裡坐一坐時就說：「吃茶了再走啊！」

當然，也有人像普通話裡那樣把這些詞分開用的。但是老一輩的人已經習慣了方言裡用詞方式，改不了。就比如我稱呼外公做「爺爺」，雖然他也知道外公這個詞，但是我要叫他一聲「外公」的話，他肯定一時半會兒習慣不了。

爺爺聽了老太太的話，笑道：「我外孫小時候也這樣呢！妳把妳孫子抱出來，我給他置肇一下。以後就會好的。」

年輕婦女連忙跑進屋裡，抱出了孩子。

「弄一升米來，米用量米的器具裝著，然後在上面插上三炷香。」爺爺吩咐道，「再拿一塊乾淨的布。」

年輕婦女把孩子交給文撒子抱住，又按照爺爺交代的把所有東西都準備好了。

爺爺將香點上，然後走向那個黑暗角落。藉助香的微光，我才看見一個柵欄雞籠。爺爺把香放在雞籠旁邊，然後把一塊布放在香後面。

「妳把孩子放到這塊布上來。」爺爺道。

年輕婦女連忙從文撒子手裡接過孩子，走到布前面。

爺爺協助年輕婦女一起將孩子放在布上。「把孩子的腳彎一下，做一個跪拜的姿勢。好了，好了，不用真跪，有個姿勢就可以了。」爺爺一面整平鋪在地上的布，一面指導她怎麼調整孩子的姿勢。

那個小孩子被他媽媽這樣擺弄一番，但是還沒有完全醒過來，只是迷迷糊糊地蹬了蹬胖乎乎的腿，打了一個長長的呵欠。

「這孩子睡得真香。」老太太用愛憐的眼神看著孫兒。

終於把孩子的姿勢擺正確了。爺爺對孩子的媽媽說：「妳扶好他，保持這個姿勢不要動。然後我說一句妳跟著唸一句。」

孩子的媽媽一臉嚴肅地看著爺爺，點了點頭。

爺爺笑了笑：「不用這麼嚴肅。唸錯了也沒有關係，重來一遍就可以。這點小事，沒有關係的。不要緊張。」

孩子的媽媽又點了點頭。

爺爺開始唸了：「雞哩雞大哥，拜你做乾哥。白天我幫你屙，晚上你幫我屙。」

孩子的媽媽跟著一句一句地唸完了。

忽然，香上冒出的煙劇烈地晃動，彷彿有誰對著香猛吹了一口氣。

同時，雞群裡也出現一陣躁動。

43

雞群很快安靜下來。只有幾隻雞咕咕的低鳴，彷彿牠們之間正在竊竊私語。

「好了，把孩子抱回去吧！以後你們不用天天洗被單了。」爺爺邊說邊抬起小孩子的手搖了搖，一臉的關愛。他總是很喜歡小孩，即使又哭又鬧的小孩他也不討厭，甚至小孩子不領情把尿撒在了他的房子裡，他還要說童子尿撒在家裡是好事。

雖然我對他如此喜愛小孩子不能理解，但是我不得不承認童子尿也許是好東西。

四姥姥的老伴得癆病[6]的時候，她經常到我家來討我跟我弟弟的尿。那段時間，她每天一大早就拿著一個大碗公到我家來，把睡得迷迷糊糊的我和弟弟弄醒，叫我們在大碗公裡撒尿。雖然我們很不情願被她吵醒，有時一大早也實在沒有排瀉的慾望，但是因為四姥姥每次

註6.癆病：結核俗稱「癆病」，是結核桿菌侵入體內引起的感染，是一種慢性和緩發的傳染病，潛伏期4～8週。

來都給我們帶幾顆糖果，我們不得不勉為其難。

媽媽說，童子尿對她老伴的癆病有很好的治療作用。

當時我是不信的。那時的農村有很多偏方，比如小孩子的耳朵生膿，可以撿鴿子糞曬乾碾磨成粉，然後填在小孩子的耳朵裡，幾天膿瘡就好了。再比如當時沒有止咳藥，可以把臘肉、骨頭燒成灰，然後兌水喝下，這樣可以止咳。還有許多許多千奇百怪的偏方，我都不相信，但是最後居然都把人的病痛治好了。

這些偏方看起來不乾不淨，使用的時候也會噁心，但是人們活得健健康康。現在雖然醫藥治療先進了許多，但是各式各樣的奇病怪病不斷，還未見得比那時的人活得自由自在的。

年輕婦女連連道謝，抱著孩子不斷鞠躬。

我心想，剛剛拜完乾哥，還沒有看到實際的效果，她怎麼就感激成這樣呢？

爺爺也說：「妳現在先別感謝我，等孩子晚上真不多尿了，我以後經過這裡的時候妳多泡幾盅茶給我喝，就可以了。」接著，爺爺爽朗地笑了。

文撒子奉承地說：「那是必須的呀！您老人家走到哪裡，哪家都給您茶喝啊！就怕您不來呢！」

爺爺看了看外面的天色，說：「真不早了，我們要走了。」

老太太忙提著一個茶壺走過來：「說了要吃茶的，吃了茶再走吧！」

爺爺笑道：「下回再來吃茶吧！今天真晚了。我閉著眼睛都可以走回家裡，但是我這個小外孫也要回家呢！就這樣了，啊！下回來，下回來。」

爺爺一面說一面往外走。我跟著走出來。

白髮女子的孝歌還在空氣中飄盪，給這個夜晚添加了一些神秘的色彩。爺爺在門口站了一會兒，像是在傾聽白髮女子的孝歌，又像是在聽別的什麼。我也側耳傾聽，卻只聽見了飄盪的孝歌。

爺爺摸了摸我的頭，說：「亮仔，走吧！」

話剛說完，老太太堂屋裡的雞群突然雜訊大作。爺爺急忙返身進入屋裡，我連忙跟上。等我進屋的時候，只見黑暗角落裡的雞籠已經散了架，雞籠裡的雞都跑了出來。雞大概有五、六隻，都在堂屋裡奔跑撲騰。雞叫聲淒厲。

「怎麼了怎麼了？」年輕婦女慌忙跑到黑暗角落裡去看散架的雞籠。

「是不是有黃鼠狼來偷雞了？」文撒子連忙把大門關上，怕雞跑出去。老太太也急忙返身去屋裡拿出一個燈盞點上。

剛才沒點上燈盞不是老太太摳門，而是那時農村的習慣都這樣。日出而作，日落而息。

天色暗了，也就要睡覺了，雖然看東西有些費力，但是自家的東西大概在哪個地方，心裡都有數，用不著點燈。再說了，用燈盞不像點燈那麼方便，拉一下燈繩就熄。即使躺在床上了還得起來把燈吹熄，還不如一開始就不點燈。

當然也有人要點著燈躺在床上了再熄燈的。我爸爸就是這樣。而燈盞不可能放床上，總得和床有一段距離。所以，我爸爸經常在床上對著不遠處的燈盞拼命地吹氣，彷彿練一種奇怪的氣功。

老太太托著燈盞在堂屋裡照了照，並沒有發現黃鼠狼的影子。

可是幾隻雞仍在堂屋裡撲騰。雞毛像秋天的落葉一樣在半空中飄盪。忽然，一隻長著大雞冠的雄雞凌空而起，費力地拍打著翅膀，卻以一種不可思議的動作停在了半空，腦袋歪扭，雙腳並立。

文撒子、年輕婦女，還有我，都被眼前的情景嚇住了。

我偷瞄了一下爺爺和老太太，他們的神情似乎有些不同。但是哪裡不同我又說不上來。停在半空的雞似乎也被嚇壞了，翅膀拼命地拍打，身子不停地扭動，嘴裡發出「咯咯」的呼救聲。其他幾隻雞卻停止了奔跑，心有餘悸地看著懸在半空中的同伴，偶爾還發出「咕咕」的鳴叫，似乎在輕聲呼喚同伴。

停在半空的雞似乎發現自己並沒有什麼危險，漸漸安靜下來，連咕咕聲都沒有了。牠歪扭著腦袋左看右看，似乎驚異於自己怎麼能停在半空。地上的雞也歪著腦袋來看半空的雞。安靜只持續了幾秒。

忽然「啰」的一聲，懸在半空的雞脖子扭斷了，雞血飛奔而出。飛濺的雞血大部分噴到了文撒子的身上，文撒子大聲驚叫，連連喊娘。扭斷脖子的雞從空中落下，身首異處。雞的嘴張開，舌頭吐出。離雞頭不遠的地方，雞的身子還在抽搐，雞腳還在掙扎，雞爪一張一縮，似乎想抓住什麼東西。

我們都驚呆了，愣愣的不知道發生了什麼事情。

我瞟了瞟爺爺，爺爺沒有像我們一樣看著那隻剛剛斷命的雞，卻盯住了另外一隻雞。我順著爺爺的目光看去，那隻驚魂未定的雞正看著地上的雞血，還用嘴啄了啄同伴的血，卻不知牠自己的腳漸漸併在了一起。

老太太喃喃的聲音飄到我的耳邊：「難道，難道是七姑娘來了？」

「就此打住。下面又是另外一個故事了。」湖南同學伸了一個懶腰。

一個同學說道：「一目五先生吸人精氣的那段，讓我想起一個國外神父說的很有名的話。」

湖南同學問道：「什麼話？」

「在德國，起初他們追殺共產主義者，我沒有說話——因為我不是共產主義者；接著他們追殺猶太人，我沒有說話——因為我不是猶太人；後來他們追殺工會成員，我沒有說話——因為我不是工會成員；此後他們追殺天主教徒，我沒有說話——因為我是新教教徒；最後他們奔我而來，卻再也沒有人站起來為我說話了。」那個同學說道，「這個神甫雖然沒有迫害別人，卻也沒有去救助別人，最後落得這個下場。這跟被一目五先生吸取精氣的人不是一個道理嗎？」

我們幾個紛紛表示贊同：盡一份力量幫助別人，其實就是幫助自己。

七姑娘

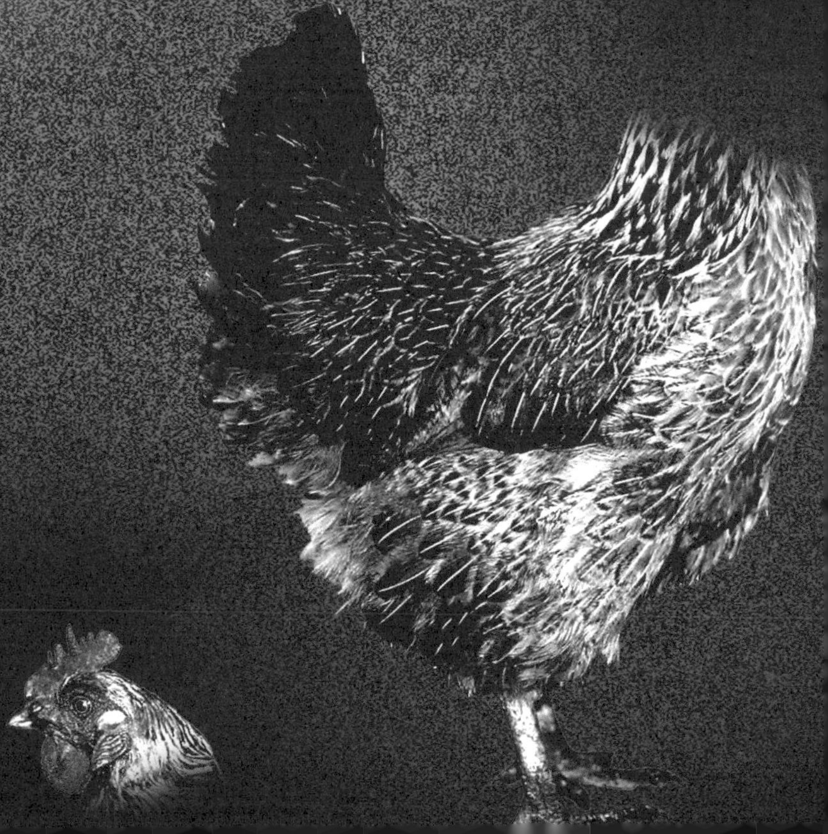

44

時針，分針，秒針，都居於同一起跑線上。

待在同一起跑線的，還有湖南同學的詭異故事……

「七姑娘？」我心裡咯噔一下。

被爺爺盯住的那隻雞忽然由從容變得驚慌起來。牠的頭不停地點動，明顯感覺到了雙腳不對勁，嘴裡發出驚慌的「咯咯咯」聲。

果然，其他雞突然又狂奔起來。剛剛落地的雞毛又飛起來了。雙腳併在一起的雞重複了剛剛斷命的雞的動作，凌空而起，雙翅猛拍，雞頭歪扭。

年輕婦女哀道：「我的雞呀，我辛辛苦苦餵養大的雞呀！」

老太太見又一隻雞要慘遭厄運，連忙大喝道：「七姑娘！妳吃了一隻雞就夠了，不要再傷害我家的雞！」

這一喝聲果然有效。懸在半空的雞頭不再扭轉，行動自如地向左看、向右看，彷彿雞也聽到了老太太的喝聲，要看看那個捉住牠雙腳的七姑娘到底在哪裡。

可是不光牠，我們幾個也什麼都沒有看到，別說七姑娘，連個姑娘的影子都沒有。真不知老太太口裡說的七姑娘是指什麼東西。

不過，那個看不見的七姑娘似乎根本不聽老太太的勸告。那個雞頭還沒有活動夠，又被一隻無形的手扭住了。雞的脖子動彈不得，只能死死盯住一個方向，似乎是斷頭臺上等待劊子手下刀的犯人。可是這個犯人明顯是無辜的，死到臨頭沒有一絲抗爭，卻安靜得讓人絕望。

文撒子眼睛怯怯地瞟著懸空的雞，輕聲問老太太道：「您老人家說的七姑娘在哪裡呀？」

老太太對著空氣一指，說道：「就站在那裡呢！她正捏著我家的雞的腳，要吃我家的雞呢！她生前嘴饞得很，想吃雞又吃不到，死了就經常來偷雞吃。雄雞血本來是可以避邪的，可是對她沒有效果。我猜想她的嘴巴上長著一顆痣呢！俗話說得好，一痣痣嘴，好吃無底。可是七姑娘也是可憐的人，哎……」老太太最後沒有心痛家禽的怨恨，卻對看不見的七姑娘心生憐惜。

老太太說的俗語，我常聽爺爺說起，不但有「一痣痣嘴，好吃無底」的說法，還有很多其他的說法。比如「一痣痣頸，緞子衣領」，說的是如果頸脖上長有痣，此人將來肯定是穿綢緞衣服的人，也就是說將來有錢財。又比如「一痣痣鼻，謹防身體」，說的是此人身體素質不好，要注意防患病痛。又比如說「一痣痣肩，挑水上天」，說的是此人命苦，一輩子勞累不斷。

我想，老太太或許並沒有親眼見過七姑娘，她只是從七姑娘偷雞主觀地推斷七姑娘嘴上長有黑痣。但是七姑娘臉上真長有一顆痣也說不定，因為我自始至終都沒有見到七姑娘。即使後來爺爺用再簡單不過的方法破解了七姑娘偷雞的謎團，我仍然沒有見到七姑娘的模樣，而只見到了一隻折不斷的筷子。

爺爺見七姑娘又要掰斷雞的脖子，連忙大喝一聲：「拜堂！」

我和文撒子，還有那個年輕婦女都不知道爺爺是怎麼回事，都把迷惑的目光投向爺爺。爺爺大喝的時候一臉怒容，脖子上青筋突出，彷彿要跟誰吵架。

爺爺一生中幾乎沒有跟別人吵過架，或者說，沒有這樣怒火朝天地跟人吵過架。唯有一次，媽媽用晾衣架抽了我幾下，爺爺跟媽媽吵了一架，也是滿臉怒容，也是青筋突出。

爺爺責怪媽媽打我打得太厲害，說小孩子要打只能打屁股，屁股上的肉是呆肉。他一把奪過媽媽手裡的晾衣架，怒火沖天。媽媽見他這樣生氣，只好拖過我，又在我被打痛的地方給我揉揉，爺爺這才恢復往日的溫和。

但是媽媽在爺爺轉身離開的時候偷偷跟我說：「這個老頭子，當年我小的時候他都敢拿衣槌打我。現在我稍微教訓下兒子，他還怪我下手狠了。亮仔是你的長孫，我可是你親生女兒啊！真是只許州官放火，不許百姓點燈啊！」

雖然後來媽媽生氣的時候還是會「不擇手段」地打我，但是從來不敢在爺爺面前動我一根指頭。

雖然當時我沒有聽清楚爺爺喊出的兩個字是什麼，但是那聲大喝果然有效果。懸空的雞立即如石頭一般落地，又一次驚得其他雞飛奔急鳴。滿屋的雞毛再一次飛揚起來，如同正在彈棉花的房間。

接著，聽得「噹」的一聲，似乎有什麼東西掉落在地上。低頭看去，原來是一根老舊的筷子。

後來，爺爺跟我們說，七姑娘其實是一個很可憐的人。很久以前，她出生在窮人家，在姐妹中排行第七，所以人們都叫她七姑娘。她的父母都給當地的財主做長工，自家連房子都沒有。七姑娘給財主家養雞和鴨，經常順著從常山村那邊起源的小港灣把水鴨趕到畫眉村那頭的水庫，中間經過文天村。

文撒子打斷爺爺，問道：「馬師傅，你說的很久以前是多久以前啊？」

爺爺沒有回答，倒是老太太搶言道：「大概是我只有五、六歲的時候吧！七姑娘那時十七、八歲，長得可好看的一個姑娘呢！可惜……」

爺爺說，七姑娘給財主養了許多年的雞和鴨，不要說吃雞或者鴨，連個雞蛋和鴨蛋都沒有吃過。財主家裡飄出來煮熟的雞肉或者鴨肉香味時，七姑娘只能跟她父母、姐妹一起吃米糠。

「吃米糠？」我驚問道。

爺爺笑道，那時候的窮人家能吃上米糠也就不錯啦！有的窮人家連米糠都吃不上，只能吃地瓜葉子、南瓜葉子。如果連地瓜葉子和南瓜葉子也沒有吃的話，有的人就會去吃觀音土[7]。吃了觀音土消化不了，只能活活地脹死。你以為那時候的日子和現在一樣啊？

後來，七姑娘長到了十六、七歲，漂亮的她被財主家的老爺看中了。六十多歲的老爺想娶七姑娘做姨太太。七姑娘開始死也不同意，但是在父母軟磨硬泡下，她極不情願地做了老爺的姨太太。

45

跟老爺圓房後不久，七姑娘的肚子便彷彿一個被吹進氣的氣球，漸漸地大起來。

雖然七姑娘做了老爺的姨太太，可是待遇並沒有比以前好多少。老爺的大老婆是個吝嗇、嫉妒的女人，吃的、用的，能少給就少給。吃飯的時候還是老爺跟她一桌，七姑娘還是

註7. 觀音土：觀音土是陶瓷製品的坯體和釉料以及黏土質耐火材料的重要原料。

跟她父母一桌。

七姑娘氣不過，但是也沒有辦法。老爺看中她只是因為她的容貌，可沒有想過要把家產分多少給她。

第二年春天，七姑娘終於在一個陽光明媚的下午生下一個孩子。

在這個地方有個約定俗成的規矩，就是女人在生下孩子後的幾天裡，一定要吃一隻雞補補身子。家裡有雞的就不說了，家裡沒有養雞的花錢買也得買隻雞來給生孩子的女人吃。

七姑娘這下可有盼頭了。她養了半輩子的雞、鴨，就是沒有嚐到過雞、鴨的味道。她盼著老爺或者太太端一碗冒著熱氣的、散發著香氣的雞過來，然後交給她一雙竹筷子。她想著想著口水便流了出來，彷彿她的一生就為等待這一個時刻。吃了一碗雞，似乎她的人生便不再有抱怨，不再有不平等。

可是，盼了好些日子，就是不見老爺或者太太端著熱氣騰騰的雞送到她的桌上來。

七姑娘終於忍不住了，她氣沖沖地去找太太。

「別人生了孩子都吃雞，妳為什麼不殺一隻雞給我吃？」七姑娘理直氣壯地朝太太喝道。當時太太正和老爺一起吃飯。太太丟了筷子看著來勢洶洶的七姑娘。老爺仍若無其事地自顧自吃飯，把爭鬥丟給這兩個年齡懸殊的女人。

太太冷笑道：「家裡養的雞剛好開始生蛋了，等牠們生完了蛋再給妳宰一隻，如何？」

七姑娘爭辯道：「母雞生蛋，那我吃雄雞。」

太太笑道：「沒了雄雞，母雞生不了蛋嘛！你吃了雄雞，不就等於吃了母雞嗎？妳還是等等吧！」

七姑娘怒道：「雄雞有這麼多，難道宰一隻母雞就都生不了蛋？妳是找藉口不給我吃吧？我雖然是偏房，但是給老爺生了孩子，妳來了幾十年，也沒見生下一個蛋來，妳是嫉妒我，怕我當了家吧？」

俗話說，打人莫打臉。太太被七姑娘這樣一揭短，頓時變了臉色：「妳還笑話我了？我還沒有笑話妳呢！」

七姑娘反駁道：「妳有什麼可以笑話我的？我身正不怕影子歪。」

太太罵道：「別以為妳生了個孩子就怎麼了。我是生不下一個蛋來，可是，妳生的蛋是不是老爺的還說不定呢！是的，妳說宰一隻雄雞不影響母雞生蛋，但是母雞生的蛋就是另外的雄雞的蛋了。」

七姑娘惱羞成怒：「妳，妳這話是什麼意思？別以為我聽不出來。妳不要欺人太甚了！」

太太冷笑一下，上下將七姑娘重新打量一番：「不是嗎？老爺年紀都這麼大了，還能跟妳生下孩子來？誰相信哪？」

老爺聽了這話，把筷子往桌上一放，說道：「話可不能這麼說啊！」

太太的怒火立刻更加大了，唾沫橫飛地指著老爺喝道：「老東西，我沒有叫你說話的時候你給我好好吃飯。別叫我把湯潑你臉上啊！」

老爺立即噤了聲，拿起桌上的筷子繼續往碗裡夾菜。

太太又指著七姑娘罵道：「誰知道妳生的那個野種是不是外面野男人的呢！妳還好意思來找我要雞吃！」

七姑娘被太太這樣一罵，頓時哭號著要跟太太拼命。這時七姑娘的父母連忙進門把女兒拉走了。

七姑娘回到自己房裡後，越想越氣，把屋裡能砸的東西都砸了，能撕的東西都撕了。她剛生完孩子，身子骨弱得很，這樣一氣又一鬧，便病倒在床上了。

在床上哼哼了不幾天，七姑娘便斷氣了。臨死之前她還斷斷續續地說：「我要吃……我要吃……我要吃雞……」

七姑娘死後，太太也沒有給她舉行什麼像樣的葬禮，用草席一捲，便匆匆埋葬了。

七天之後，太太家的雞群開始鬧不安。

每天晚上十二點左右，雞群裡便吵鬧不停。第二天到雞籠一看，便有數隻雞被扭斷了脖子，雞血灑了一地。

太太一開始以為是黃鼠狼來偷雞了，便晚上不睡，偷偷守在雞籠旁邊，手裡拿一把鐮刀。

可是，太太一連守了三個晚上，卻不見黃鼠狼進來。村裡其他養了雞的居民卻損失了好幾隻雞。他們同樣是晚上十二點聽到雞群的鳴叫，第二天才看見扭斷了的雞脖子。

一個晚上，一個家裡養了雞的人起來小解，看到了雞被殺的整個過程，頓時嚇得直接尿在了褲子裡。

第二天這個消息便傳開了，偷雞的不是黃鼠狼。人們很自然地想到了那個苦命的七姑娘。七姑娘偷雞的說法便在人們之間傳開來。可是村裡的雞繼續減少，卻沒有一個人能拿出應對的辦法來。直到五年後，才因為一次偶然的機會使得大家知道了破解七姑娘偷雞的方法。

說來也巧，沒有人想到破解七姑娘偷雞的人居然就是她生前留下的孩子。

七姑娘死後，財主家裡的雞、鴨轉而由這個孩子來看管。七姑娘的父母沒有自己的田地，離開了財主就要餓肚子，所以縱然再為女兒抱不平，也只能忍氣吞聲，繼續在財主家打長工。而七姑娘留下的孩子，還是不能和老爺、太太同桌吃飯，只能跟七姑娘的父母一起吃米糠。

有一天，太太叫這個小孩去鎮上買白糖。小孩買了白糖回來的時候已經是傍晚，太太早就睡下了。小孩不敢叫醒太太，便順手把白糖掛在雞籠的柵欄上，然後回到七姑娘生前住的房子睡覺。

到了半夜，雞籠裡又響起了「咯咯咯」的雞鳴，先是低鳴，然後聲音逐漸變大，最後整個雞群瘋狂地嘶叫起來。

雞鳴驚醒了屋裡的所有人，老爺、太太、七姑娘的父母，還有那個小孩，都爬了起來跑到雞籠前面查看。

46

雞群裡的情況跟我和爺爺那晚見到的一樣。雞籠已經散架。先是一隻雞凌空而起，而後懸在半空不落地。接著「啰」的一聲，雞脖子被活生生扭成兩段。雞血灑了一地。其他受驚的雞「咯咯」不停，雞毛在空中飛舞。

老爺和太太見了這個情景不知道怎麼辦，七姑娘的父母看了也只能乾瞪眼。

只有七姑娘留下的孩子根本不關心雞群的鬧騰，卻非常擔心掛在雞籠上的白糖是不是從袋子裡撒了。雖然雞、鴨都是他養的，但是反正自己吃不到一塊雞肉，喝不到一口雞湯，雞的生死與他沒有絲毫關聯。但是白糖是太太叫他買回來的，他順手掛在了雞籠上。如果白糖撒了，那他少不了挨太太一頓打。加上今晚又死了幾隻雞，太太可能會把怒氣轉嫁到他的頭上，到時候屁股上不知要挨多少棍。

孩子不敢靠近雞籠，雙手抓著七姑娘母親的褲管，拼命地大喊：「白糖！白糖！」七姑娘的母親聽了孩子的叫喊，並不明白孩子喊的是什麼意思。其他人也不關心他嘴裡到底喊的是什麼，只是抖抖顫顫地看著眼前發生的一切。

可是，就在孩子喊出「白糖」之後，另一隻凌空而起的雞迅速落地。雖然那一摔使那隻可憐的雞從此斷了一條腿，但是好歹保住了脖子。

接著，雞群漸漸地安靜下來，只有幾隻受驚的雞還在「咕咕咕」地低鳴，似乎不相信恐怖的事情就此為止了。

不僅僅是雞，雞籠旁邊的人們也不相信。

沉默了許久，見再也沒有雞被扭斷脖子，老爺才蠕動嘴問：「七姑娘……七姑娘走了？」

孩子見騷動平靜下來，慌忙鬆開雙手，跑到散架的雞籠前拾起白糖。白糖從袋子裡撒出了一些，但是總歸沒有全部弄髒。孩子一喜，連忙要把白糖送到太太手裡。

「您叫我到鎮上去買的白糖。」孩子說。

太太沒有搭理孩子，卻俯身到一片雞血中細細查看。

「妳看什麼呢？」老爺見太太的動作古怪，好奇地問道。他邊問邊跟著俯身到那片雞血中查看，瞇著一雙並不怎麼明亮的眼睛。當時的月光有些矇矓，太太便吩咐孩子：「你去拿燈盞過來。」

孩子很快拿了燈盞過來。太太接過燈盞，幾乎把燈盞放到雞血中了。豆大的火焰跳躍著。

「原來是一根筷子。」太太伸手撿起了地上的筷子，上面沾上了雞血。

老爺馬上問道：「是誰把筷子丟到這裡來的？」他環顧一周，其他人都不說話。

太太說：「算了，反正筷子弄髒了，扔了算了。」說完，她揚手將筷子從窗口扔出去。

接著，窗外傳來一個沉悶的聲音，似乎是什麼人跌倒在地的聲音。

「誰？」太太立即警覺地喝道。她提著燈盞，帶著其他人立即從堂屋趕到門外。

門外什麼人也沒有。朦朧的月亮像是睡得迷迷糊糊的人的眼，它也被這個沉悶的聲音驚醒，不耐煩地看著這戶人家吵吵鬧鬧。

「是誰？」太太朝著一望無際的黑夜喊道。太太的聲音在寂靜的夜晚傳得很遠很遠，聲音碰到高大的山，便發出了重疊的回聲。

「是誰……是誰……是……誰……誰……誰……」

聽了回聲，太太突然害怕起來。她轉身對其他人說：「沒事了就好，大家都回屋裡去睡覺吧！對了，那個白糖，給我拿過來。走吧！睡覺去！明天還有事要做呢！」

老爺還想往外看，但被太太連推帶拉送進屋裡。其他人自然也就散去了。

但是，這件事很快就傳播開去。人們便紛紛開始猜測為什麼當晚的恐怖情景突然會停止。有人說是因為七姑娘看到她的親生兒子在場，怕嚇到兒子，所以馬上離開了。馬上有人反駁，雞被偷吃的事情也不是一次兩次了，有好幾次七姑娘的兒子都在場，可是也不見七姑娘立即離開。有人說當時圍著雞籠的人多，七姑娘的冤魂怕陽氣盛的場合。這個理由更加脆弱，反駁的人說雄雞血是陽氣最盛的東西，七姑娘連雄雞血都不怕，還怕區區幾個人不成？討論來討論去，沒有一個解釋能夠讓人心服口服。最後，有一個人說，難道是因為七姑娘的孩子喊的話起了作用不成？難道她怕白糖？

可是還是有人不信服，聽說過鬼怕糯米的，但是從來沒有聽說鬼還有怕白糖的。

突然有個人靈光一閃，難道七姑娘怕的不是「白糖」，而是「拜堂」？這兩個字的發音很相近，也許是七姑娘把「白糖」聽成「拜堂」了？

這一個說法立即得到了絕大多數人的贊同。七姑娘因為跟老爺結婚而懷上孩子，又因為生了孩子而找太太討要雞吃。如此推來，七姑娘最害怕的不是其他，恰是「拜堂」！

人們立即紛紛仿效，只要半夜聽見雞群裡發生不尋常的騷動，立即大喊：「拜堂，拜堂！」這一招果然非常奏效。只要「拜堂」兩字喊出，凌空而起的雞馬上落地。

而後，地上便出現一根筷子。

養雞的人馬上撿起這根筷子扔到窗外。也有人嘗試把這根筷子折斷，但是費了九牛二虎之力，筷子連個彎都沒有，直挺挺的絲毫無傷。

筷子扔到屋外，便能聽到「撲」的一聲彷彿人摔在地上的聲音。那便是七姑娘落地的聲音。

很快，周圍的居民都學會了這招。村裡的雞的數量不再減少，可是失眠的人卻增多了。以前見到雞被凌空懸起，養雞的人毫無辦法，只能自認倒楣。後來聽到雞叫乾脆賴在床上不起來，起來了也沒有辦法對付。

人們學會對付七姑娘的辦法後，七姑娘偷雞的次數越來越少，最後幾乎絕跡了。但是財主家的太太卻一病不起了。她的手指開始發生變化，皮膚變得堅硬，指甲變成三角形。有事沒事喜歡在草堆裡抓幾下，見了草堆不抓手指便會奇癢無比。

47

那時沒有護手霜、面膜之類的東西，太太天天把雪花膏[8]塗在手上，塗厚厚的一層。醫生也請了無數個，藥也吃了不少。可是她手的皮膚日漸堅硬，最後如蛇皮一樣。抓草堆的習

註8.雪花膏：一種非油膩性的護膚化妝品。塗在皮膚上立即消失，類似雪花，故名雪花膏。雪花膏的膏體應潔白細密，無粗顆粒，不刺激皮膚，香氣味宜人，主要用作潤膚、打粉底和剃鬚後用化妝品。

慣也越來越惡劣，甚至吃飯的時候手已經拿不好筷子了，於是只能用手抓飯抓菜。

太太在惶恐中生了病，不久就去世了。太太去世的那天，七姑娘的孩子剛好長得跟當年的七姑娘一般大，一天不多一天不少。

收殮的時候，給太太穿壽衣的人發現，太太的手已經變得跟雞爪沒有任何區別了。她的大拇指與食指合不到一起，收殮的人使盡了力氣也不能將她的大拇指和食指掰到一起去。入棺的時候，只好讓太太的手指像雞爪那樣趴開著。

爺爺說完七姑娘的生前事，文撒子和我，還有那個年輕婦女都沉默了許久。頓時，這個房間裡充滿了別樣的氣氛。不只有恐怖，也不只有同情。

「想不到事隔多年，七姑娘又回來了。」老太太感嘆道。她兩隻手互相搓揉，蜷縮的身體像個問號。

「哎，七姑娘一生養雞、鴨，卻從來沒有嚐到過雞肉、鴨肉的味道。臨到生產了也沒有一口雞湯可以喝。難怪她死了還這麼牽掛雞肉的味道呢！」文撒子搖搖頭低沉地說道。

年輕婦女的情緒被文撒子帶動起來：「是啊！換作是我，我也會死不瞑目的。雖然說為了一口想吃的菜，但是也值得理解。我們娘家有個老人，情況跟這個七姑娘有些相似。」

「哦？妳娘家也出現過偷雞的現象？」文撒子側了側頭，好奇地問道。

年輕婦女一笑，說道：「說來也是好笑，也是因為嘴饞的事，但不是偷雞。我們那裡有一個老頭子，在臨死之前遲遲不能瞑目，一口要斷不斷的氣在喉嚨裡卡住。他的兒女都圍在床邊。兒女都很孝順，不希望父親去世，可是見父親一口氣憋得難受，便說了很多寬心的話，勸他安心離去。」

爺爺低聲道：「老人臨終之前，兒女在旁邊哭哭啼啼其實不好，如果說些寬慰的話，讓老人安安心心地去，那才是好。」

老太太點點頭，贊同爺爺的話。

年輕婦女也點點頭，說：「可是老人還是不肯嚥氣。圍在床邊的兒女見父親的眼睛裡似乎有所求，便問，您還有什麼牽掛的，兒女一定辦好。那個老人便張嘴費力地說話，他的兒子把耳朵湊到老人的嘴巴前才聽清楚。老人說，說出來怕你們笑話呢！兒子便在老人的耳邊輕輕說，父親，您養育了我們幾十年，有什麼我們做兒女的敢笑話您的？倒是如果兒女們沒有滿足您的願望的話，做兒女的心裡不安哪，一輩子都會愧疚。有什麼您就說出來吧！」

我們幾個人聽得聚精會神。

年輕婦女接著說：「老人便跟圍在床前的兒女們說了，我想，我想喝點洋水。」

「洋水？」文撒子摸了摸後腦勺，「洋水是什麼東西？是一種水嗎？」

爺爺笑道：「說洋火，你們就知道是火柴；說洋釘，你們就知道是大鐵釘；說洋水，你們就很少知道了吧？洋水就是你們年輕人喜歡喝的汽水。」

老太太也笑了：「那個老人家還真是嘴饞，臨死不斷氣居然是為了要喝洋水。」

我在爺爺面前很忌諱提到「去世」、「死」之類的詞語，因為爺爺每看到一個同輩的人離去，便會變得很落寞。我怕爺爺聽到這些詞語會聯想到自己。可是，他和這位老太太似乎不在乎這些詞語。

也許，他們怕的並不是壽命的終結，而是壽命終結前同輩人漸漸少去的寂寥，怕的是一生中苦苦經營的東西會隨著身體的死亡而消逝。就像做靈屋的老頭子臨死前想招徒弟一樣，就像香煙山的和尚圓寂之前關心功德堂的金粉遺體一樣。在他們之後，再也沒有後來人。他們傳奇的一生就此隨著生命的消逝而消逝，不在這個世上留下任何痕跡。

想到這裡，我忍不住多看了爺爺一眼，不經意間發現，爺爺的皺紋又多了幾條。那條條皺紋似乎是大樹的年輪，隨著歲月增加。

那麼，爺爺臉上的皺紋也就是他的年輪嗎？

春回大地，萬象更新，緊挨著樹皮裡面的細胞開始分裂；分裂後的細胞大而壁厚，顏色鮮嫩，這被稱之為早期木；以後細胞生長減慢，壁更厚，體積縮小，顏色變深，這被稱為後期木，樹幹裡的深色年輪就是由後期木形成的。在這以後，樹又進入冬季休眠時期，周而復始，循環不已。這樣，許多種樹的主幹裡便生成一圈又一圈深淺相間的環，每一環就是一年增長的部分。

那麼，爺爺臉上的皺紋是不是也隱含著他一生走過的景象呢？

透過年輪，人們不僅可以測定許多事物發生的年代，測知過去發生的地震、火山爆發和氣候變化，而且還可以推斷未來。

樹是活檔案，樹幹裡的年輪就是紀錄。它不僅說明樹木本身的年齡，還能說明每年的降水量和溫度變化。年輪上可能還記錄了森林大火、早期霜凍以及從周圍環境中吸取的化學成分。因此，只要我們知道了如何揭示樹的秘密，它就會向我們訴說從它出世起，周圍發生的大量事情。樹可以告訴我們有文字記載以前發生過的事情，還可以告訴我們有關未來的事情。樹中關於氣象的紀錄可以說明我們瞭解促成氣象的那些自然力量，而這反過來又可幫助我們預測未來。

那麼，爺爺給人算八字時，是不是會仔細地看那個人臉上的皺紋呢？是不是每個人的面相都像年輪那樣，記錄著過去，同時也預示著未來呢？是不是爺爺通曉皺紋的秘密呢？

我的思想早已飄到九霄雲外。

突然，我很想把這些問題說出來，問爺爺是不是能給我全部的答案。

48

可是我沒有開口問他，因為我知道爺爺的答案。他的答案不過是一個溫和的笑。年輕婦女說：「當地沒有賣洋水的，老人的子女立刻跑了三十多里的路程，去縣城買來了洋水。老人喝了之後，打了個嗝，終於安祥地閉了眼。」

爺爺喃喃道：「那個老人臨終前喝到了牽掛一生的洋水，可是七姑娘呢？一生都沒有嚐過一口雞湯。雖然那時候洋水很難買到，但是總比不過雞湯難以嚐到吧！他們總想著怎麼趕走偷雞的七姑娘，卻從來沒想過好心讓它喝碗雞湯。」

老太太和文撒子聽了爺爺的話，感嘆不已。

我突然靈光一閃：「爺爺，您的意思是，如果煮碗好雞湯給七姑娘喝，它就不會再來偷雞了，它就會安心離開陽間嗎？」

爺爺一愣，繼而喜笑顏開：「你這娃子挺聰明啊！我只是隨便說說，你居然想到解決的辦法了。」

文撒子也突然開竅：「對呀，要不我們煮一隻雞給七姑娘供上，這樣，它的心裡便不會再因為掛牽一口雞湯而眷戀世上了。」文撒子拍了響亮的巴掌，立即屁顛屁顛跑到散架的雞籠旁邊，撿起那隻被扭斷脖子的雞。

「你幹什麼？」老太太問道。

文撒子狡黠地笑道：「老人家，我是為您省一隻雞呢。反正這隻雞已經被弄成這樣了，相信你們也不放心吃了。不如把這隻雞將就煮了供奉給七姑娘。」

老太太頓時怒了，她一巴掌打掉文撒子手裡的死雞，唾沫橫飛地罵道：「人都不敢吃了，你還要供給亡人吃嗎？雖然我老人家養雞也不容易，但是既然供奉，就要選好的雞。家裡來個客人我都要殺隻雞呢！供奉給魂靈我就連一隻雞都捨不得了？」

這一番話罵得文撒子低頭垂眉，不敢有一句反駁。

老太太轉頭吩咐兒媳婦：「妳去挑一隻好雞，壯一點的，精神一點的。殺了敬給七姑娘。」

爺爺連忙阻止：「我外孫也只是隨便說說，有效沒效我也不知道呢！要是殺了雞供奉了沒有起作用呢？我可不敢打包票哦！您老人家別這麼急忙火忙嘛！」

老太太對爺爺說的話語氣要好多了：「馬師傅，既然有個辦法，我們就試個辦法。殺了雞再看效果嘛！要是萬一可以呢？你不知道，我兒子十歲的時候，在山上誤吃了有毒的果子，臉色變紫，神志不清，口裡直吐白沫，一句話也說不出來。村裡的百十號人圍在旁邊，就是不知道怎麼救他。剛好一個瘋子經過這裡，從懷裡掏出一團黑黝黝、油膩膩的東西給我，叫我塞到兒子的嘴裡。別人都勸我別聽瘋子的，說孩子已經這樣了，受不起更多的折騰。要是在平時，我怎麼也不會相信瘋子的話。但是當時我就腦筋不轉彎，偏偏把那黑黝黝、油膩膩的東西塞進了兒子的嘴裡，死馬當作活馬醫。沒想到，幾分鐘以後，我兒子臉色轉紅，竟然恢復了神志。要不是那個瘋子，我現在哪裡有兒子養哦！哪裡有孫子可以抱哦！」

文撒子假惺惺拱手道：「那個瘋子是菩薩呢！」

老太太呸了文撒子一口，說：「救命的就是菩薩。你幫別人忙，你也是菩薩。等我兒子好了，我再去找那個瘋子時，那個瘋子已經走了。我找遍了附近幾個鄉鎮，就是沒有找到當初那個瘋子。於是，我想也許我的兒子不死，就是因為我有善心，我幫的人多了，積了德。那些積的德平時是看不見、摸不著的，但是遇到事的時候就會起作用，我認定是這個救了我兒子的命。」

文撒子連連說是。老太太的兒媳婦也不是小氣的人，早已捉了一隻雞在手裡。不知那隻雞是經過了剛才的驚嚇變得有些癡呆了，還是聽了老太太的話認為有道理，牠在年輕婦女的手裡一動也不動，乖乖就範。

老太太轉身走到兒媳婦身邊，摸了摸那隻安靜的雞的頭，慈祥地說道：「雞呀雞呀，你被人宰、被人殺也別有怨言，誰叫你是雞呢？這是你的命。等你下世投好胎不做雞就好了。」

在這一點上，老太太和爺爺有些相似之處。爺爺殺雞後，總要把雞的翅膀張開，然後把雞頭藏進翅膀裡，說是等雞過山。而我的父親這一輩人，殺了雞後直接丟進開水裡泡，然後開始拔雞毛。相對來說，爺爺這一輩的人似乎對雞、鴨、鵝這一類的生靈有一種特殊的感情。

老太太的兒媳婦辦事很痛快，很快便把雞煮熟了。香氣立刻充盈了整間房屋。

因為老太太要爺爺幫忙做供奉的儀式，所以我們一時半會兒還是不能走。

在老太太的兒媳婦煮雞的閒置時間裡，爺爺正和老太太話家常。我們五個人圍在火堆旁，等雞完全熟透。火堆是由幾塊大青磚圍繞而成，煮飯、炒菜便都在這幾塊青磚中間進行。因為燒的是稻草，草灰便特別多。掛飯鍋的吊鉤由一根結實的麻繩繫住，麻繩的另一端繫在房樑上。飯鍋、吊鉤、麻繩，還有房樑，都被草灰薰成了黑色。這是那時農村的一個典型景象，也是我記憶中的一個最深刻的印象。

我對那時的農村印象有很多，這只是其中之一。其他的還有：牆上用米湯黏的報紙，八仙桌底下陶罐裡醃製的酸菜，堂屋對著大門的那面牆上懸掛的毛主席畫像，還有用稀牛屎刷了一層的大曬穀場。

這些印象不是連貫的，都是零零散散地存在我的記憶中。並且，這些記憶隨著時間的推移離我越來越遠，遠到我模模糊糊地看不清它原來的模樣。每當回想的時候，既溫馨又傷感。讓我這種情愫變得更加劇烈的，是爺爺那張慈祥的笑臉。

飯鍋底下的稻草發出「劈劈啪啪」的輕微爆裂聲。濃烈的煙從稻草的間隙冒出來，像墨魚吐出的墨汁，直往外竄。吊繩、房樑就在濃烈的煙中忽隱忽現。

文撒子打趣道：「這樣的煙最好薰臘肉了。」接著故意用力地咳嗽了幾聲。

「裡面有青東西，應該把這些草再曬曬的。燒了青東西會瞎眼睛的。」年輕婦女一邊撥弄火堆裡的稻草一邊說。

「人要忠心，火要空心。」老太太說，一邊把年輕婦女手裡的火鉗[9]接過來，親自在稻草燃燒的那頭撥了撥。很快，爆裂聲沒有了。「妳得把燒燃的那頭撥成空心的，像妳那樣直接塞到鍋底下，煙也多，火也不大。你們年輕人都燒煤燒氣，圖方便。這樣的稻草你們是燒不好的。」

年輕婦女不好意思地笑了笑。

爺爺見老太太佝僂著身子，燒火的時候非常吃力，便說：「讓我來燒吧！」爺爺拿過火鉗，把正在燃燒的稻草夾了一半往稻草灰裡一塞。稻草燃著的那頭立即熄滅了。

文撒子揮手道：「馬師傅，火本來就不大，您再減少一半稻草，這雞就要煮到明天早上

註9.火鉗：民間燒火時用來添加柴火或者煤炭的一種使用工具。

了。」

爺爺不答他的話，把剩下的一半稻草聚集起來，然後用火鉗夾住，把燃著的那頭稍稍一提。「砰」的一聲，火苗一下竄了起來，嚇得文撒子往後一仰，差點從椅子上翻下來。

年輕婦女和老太太都笑了。

火不但沒有減小，反而燒得更加熱烈。

文撒子自找臺階下，說道：「馬師傅逗我玩呢！」

爺爺沒有搭理文撒子，轉頭對老太太說：「老人家您捨得一隻雞給七姑娘吃，那我也不妨給您說點東西。說得不好，還請您老人家多多包涵。」

老太太笑道：「看您把話說的！我不過捨得一隻雞罷了，您可是費力氣幫人家置肇這置肇那的。」

爺爺點點頭，說：「其實我一進門就看到您駝背駝成這樣，就有些懷疑了。」

聽爺爺這樣一說，老太太和她的年輕兒媳立即把目光聚集到爺爺身上。紅色的火光在爺爺的臉上跳躍，造成一種神秘的色彩。

「哦？」老太太簡單地回應了一聲。

爺爺撥了撥火堆裡的稻草，火苗又竄了兩尺多高。爺爺把火鉗在青磚上敲了敲，發出清脆的金屬碰撞聲。然後，爺爺抬起頭，詢問道：「您的背是不是今年才駝得這麼厲害的？」

年輕婦女搶答道：「我媽原來就駝背，不過不瞞您說，她原來可沒有這麼駝背。我嫁到這邊來的時候，她也駝得很，不過也沒有駝到現在這麼厲害。您看，現在她的手自然垂下就可以碰到腳背了。」

老太太點頭道：「我以前確實駝背，但是今年駝得更嚴重了。」

爺爺問道：「不光背更加駝了，背上是不是感覺沉甸甸的，好像壓了一塊石板？」爺爺一邊說，一邊繼續假裝漫不經心地撥弄火堆裡的稻草。我知道，爺爺是怕聽他話的人緊張，故意裝出若無其事的樣子。

「咦？您還真說中了。我也嘗試努力挺直身子，以前駝背的時候，自己用力挺挺身子還是可以稍微好點的。可是今年開春以來，我不但挺不起身子，反而覺得背上壓著一塊重重的石板。它使我只好順從地更加駝下來。」老太太雙手掐在腰間，模仿背石板的動作。

文撒子用他習慣性的嘲諷口氣說：「老太太，您也真是會拍馬師傅的馬屁呢！他說您背著一塊石板，您就真以為背著石板呢！就算您老人家真覺得背上有壓力，但是您可以說是像一袋稻穀壓在背上，也可以說像打穀機的箱桶壓在背上，怎麼偏偏就說像塊石板呢？」

雖然我不喜歡文撒子揶揄的口氣，但是覺得他的話不無道理。

老太太指手畫腳道：「我沒有拍馬屁。真的。我不但覺得背上有壓力，還覺得背上有一陣陣清涼的寒氣浸到皮膚裡。如果是背稻穀的話，會有穀芒扎人的感覺；如果是打穀機的箱桶的話，會有硌人的感覺。我年輕的時候什麼農活沒有做過？當年給地主蓋房子，我也背過石板呢！現在還真是馬師傅說的那種感覺，像背了塊石板。」

年輕婦女聽婆婆這麼一說，連忙從爺爺手裡搶過火鉗，緊張地問道：「難道有什麼怪事？是不是有什麼東西附到我媽的身上了？她還天天給我帶孩子呢，孩子不會受影響吧？」

文撒子斜眼看了看年輕婦女，不屑道：「妳這就不對了，現在馬師傅說的是妳婆婆，妳卻只問妳的孩子。太自私了吧！」

還沒等文撒子把話說完，老太太吞吞吐吐地問爺爺道：「我抱孫子次數最多了，會不會對我孫子造成影響啊？」聽了老太太的話，文撒子抿了抿嘴，馬上噤了口。

爺爺揮揮手道：「沒事的。您孫子沒事，您也沒有事。只要把拜石恢復到原來的地方就可以了。」

「拜石？」老太太的聲調突然升高了許多。「拜石那東西誰敢隨便動？」

爺爺眉毛一擰，說：「是啊！照道理說，誰也不會亂動那種東西。」

年輕婦女迷惑道：「拜石是什麼東西？」

文撒子笑呵呵地解釋道：「妳是外地人，不知道我們這裡的話跟你娘家的話有些差別吧？拜石就是墓碑，上面刻故先考某某大人之墓，或者故先妣某某大人之墓的石板。」

年輕婦女一邊燒火一邊問道：「拜石就是墓碑？」

文撒子說：「因為過年過節後輩的人要跪下祭拜，所以我們這裡的人又稱它為拜石。」

「哦！」年輕婦女點點頭，轉而問老太太，「您老人家怎麼可以隨便動人家的墓碑呢？」

「我，我，我沒有呀！我最忌諱亂動亡人的墓碑了。」老太太把迷惑不解的目光投向爺爺。爺爺正低頭掐著手指算著什麼，嘴巴裡唸著聽不清楚的話。

50

大家都不再說話，默默地看著低頭冥想的爺爺。鍋裡的水已經開了，沸騰的水掀動被煙薰黑的鍋蓋，陣陣的香氣從中飄出，鑽入了我們貪婪的鼻子。年輕婦女手裡的火鉗也停止了運動，鍋底的火漸漸變小。

「喂，注意燒火。這雞肉要多煮一會兒。不然七姑娘吃的時候會覺得肉緊的。」爺爺收了正在掐算的手，拿過火鉗夾了稻草往鍋底下塞。火焰立即又大了。

文撒子打趣道：「馬師傅，能給她煮一隻雞就不錯啦！哪裡還管不管她是不是咬得動？再說了，七姑娘已經是鬼了，哪裡還有牙齒？她只要嗅嗅就可以了。我看燒得差不多了，可以盛起來了。等你們敬完七姑娘，我再夾兩筷子試試味道。我也好久沒有吃過雞了呢！真不知道老太太您怎麼養雞的，我家養的不到拳頭大小就都得雞瘟死了，餵鹽水也不管用。」

「既然已經煮了，就要煮好。」年輕婦女反駁文撒子道，然後她轉了頭問爺爺：「您說的拜石到底是怎麼了？您怎麼知道我媽一定動了人家的拜石呢？」

爺爺把稻草下面的草灰扒了扒，稻草下面空了許多，火焰從稻草的空隙竄出來，像蛇芯子一樣舔著黑色的鍋底，彷彿它也饞著鍋裡的雞肉。

爺爺習慣性地敲了敲火鉗，說：「妳媽媽不只是簡單地動了人家的拜石，並且經常踩在拜石上面。正因為這樣，所以妳媽媽會有被石板壓住的感覺。這正是拜石報復呢！它故意反過來壓著妳媽媽，就是要警告妳媽媽不要再踩它了。」

「經常踩著拜石？」年輕婦女睜大了眼睛，一副不可置信的樣子。文撒子的注意力終於離開了鍋裡的雞肉，轉而關注爺爺正在談論的話題。

「您說她老人家經常踩著人家的拜石？不是吧？您說她老人家可能上山砍柴的時候不小心踩過荒蕪的墳地，或者走哪條路的時候絆了人家的墳墓，不小心踩過一兩次也就算了，這都是情有可原的。可是您居然說她經常踩拜石，這不可能嘛！」文撒子斜了眼看爺爺，嘴巴歪得像跟誰賭氣似的。

「難道我們家的地基原來是墳地？」年輕婦女突發其想。

「不可能啊！」老太太說話了，「這房子建起來的時候撒了竹葉和大米呀。就算原來做過墳地，也應該沒有事的。」特別是在春天動土，如修地坪、挖裝地瓜的地洞，他們都會在動過的泥土上撒些竹葉和大米，以示告慰土地神不要怪罪。

「那就怪了。我掐算出來就是這樣啊！」爺爺也納悶了。

「肯定是您掐錯了。要不您再掐算一遍？」文撒子說道。

爺爺搖了搖頭：「我一般不重新掐算一遍的，掐出來是怎樣就是怎樣。」

文撒子有些不滿，眼睛斜得更厲害了，又用習慣性的揶揄口氣道：「你外孫做試卷做完了老師也會要求他多檢查一遍呢！」然後他用尋求贊同的眼神瞄了瞄一旁的我，意思要我也勸爺爺再掐算一遍。

我假裝沒看見。

倒是年輕婦女不要求爺爺重新掐算。她問老太太道：「您再想想，看是不是哪裡得罪了拜石。」

「沒有呀！」老太太堅持道。她的表情不像是裝出來的。

「我看是馬師傅瞎掰。嘿嘿，馬師傅別怪我說得不好聽啊。我這人就是心直口快。哎！雞肉好了。妳去拿根筷子來。」文撒子揭開了飯鍋蓋，用鼻子在冒出的蒸氣上拼命地吸氣。

我感覺他就像一目五先生其中的一個。

我剛有這樣的想法，文撒子卻跟我想到一塊兒去了。他對我笑了笑，說：「剛才一目五先生還想吸我的氣呢！沒想到現在我來吸雞的氣了。哈哈。馬師傅，您說說，一目五先生吸別人的氣的時候，是不是也像我們人吸這些氣一樣過癮啊？」

「我怎麼知道呢？你親自去問一目五先生吧！」爺爺笑道。

年輕婦女拿來了一根竹筷子。我看見了單根的筷子，立刻想到了七姑娘變成一根筷子的情形。

文撒子拿了單根的筷子，往鍋裡的雞身上捅了捅。筷子輕易捅破了雞肉的皮層。

「熟了，熟了。」文撒子舔了舔嘴唇，差點流出三尺長的口水來。「七姑娘這回可以咬動了吧！拿碗來，我把雞肉和雞湯都盛起來。」文撒子在這裡沒有一點收斂，好像這裡是他的家似的，好像這隻雞是他宰了要送給七姑娘吃似的。

年輕婦女拿來了一個大碗公。

文撒子用勺子把雞肉塊都盛到了碗裡，又提起飯鍋把湯倒了進去。鍋底還剩下幾根脫了肉的雞骨頭，看來雞肉已經煮爛了。不多不少，剛好一大碗公。那時候農村養的雞都是土生土養的，能煮一大碗公還算是很大的雞了。不像現在，即使是農家養的雞，也是吃了飼料的，長得比過去的雞大了整整一倍，但是雞肉再也沒有以前那麼鮮了，吃起來索然無味。

接下來輪到爺爺上場了。爺爺把大碗公端到剛才七姑娘出現的地方，在灑了雞血的地方插上三炷香，唸了一些我聽不懂的話，然後示意我們不要靠近那個地方。

我們遠遠地站了一會兒，都靜靜地看著那碗冒著熱氣和香氣的雞肉。我想像著一個漂亮的女子從門口進來，不跟我們其中的任何一個人打招呼，便躡手躡腳地走近那個大碗公。那個女子的模樣應該就和老太太見過的那個養了一輩子雞、鴨卻一輩子沒有吃過雞肉的漂亮女人一樣。

也許是她聞到了雞肉的香味跑來的，也許是剛才爺爺說的那些聽不懂的話召喚她來的。總之，她來了。這裡還有一碗熱氣騰騰的雞肉等著她。

也許，她滿懷感激地看了看旁邊的幾個好心人；也許，她根本不關心這裡站的都是誰，她只關心那碗盼了一輩子都沒有盼到的雞肉。

我想，也許當她趴下來把嘴唇靠近大碗公的邊沿時，手已經激動得顫抖了。

我看了看爺爺，爺爺正面帶微笑地看著大碗公的方向，似乎他已經看見那個女子在那裡吮吸油光點點的雞湯了。他甚至有微微側耳的小動作，似乎還聽見了七姑娘吮吸雞湯發出的「吸溜吸溜」聲。

我看到了爺爺祥和的目光，這種目光不會憑空出現。只有面對可憐的人和不幸的人，爺爺才會出現這種目光。我一直納悶的是，為什麼爺爺從來不對這些人露出可憐或者痛惜的目光，卻要用這種祥和的目光。

我問過爺爺。爺爺說，我們生活的世界本來就是一個婆娑世界。

我又問，什麼是婆娑世界。

爺爺說，婆娑世界就是人的世界。

我覺得爺爺在跟我繞圈子。也許爺爺不想讓年幼的我知道太多人生的苦澀，雖然可能他早已看透人生的空虛和苦難，但是他還要把所有的美好都教育給我，從來不讓我看到他所看到的世界。

湖南同學的眼神有些縹緲，不知道是不是想起了遠方的爺爺。

一個同學說道：「七姑娘是挺可憐的。不過現在人們的生活水準提高了，不會因為一隻雞而耿耿於懷了。」

另一同學笑道：「人心是永無止境的。小時候盼望一件新衣服，上學了盼望一個漂亮書包，後來又盼望一張錄取通知書，長大了盼望好媳婦，有了媳婦又盼望大房子。」

將軍墓碑

51

「中國古代『墓而不墳』，只在地下掩埋，地表不樹標誌。後來逐漸有了地面堆土的墳，又有了墓碑。」湖南同學在秒針離開豎直方向的同時開口說道，「今天，我給你們講一個關於墓碑的故事……」

當時我沒有再細問爺爺，只是把「婆娑世界」這四個字記在心裡，把這四個字當作我對人的世界的一個粗略模糊的理解。後來我上大學後，有機會進入龐大的圖書館尋找自己想看的書，終於在一本關於佛教的哲學書上看到了「婆娑世界」的解釋。

其中有一段我記得非常清楚。書上是這麼說的：佛經裡說的婆娑世界是指「人的世界」，也便是永遠存在缺憾而不得完美的世界。熙熙攘攘，來來去去，皆為利往。人活在這婆娑世界中就要受苦，而這苦字當頭卻也不見得立刻就能體會。便是體會了也不等於解脫，看得破卻未必能忍得過，忍得過時卻又放不下，放不下就是不自在。苦海無邊，回頭無岸。但凡是能叫人真正自在的東西，總是發於內心的，所以岸不用回頭去看，岸無時不在。古靈禪贊禪師有一首詩偈說：「蠅愛尋光紙上鑽，不能透過幾多難。忽然撞著來時路，始信平生被眼瞞。」很多人總是希望找尋來時的路，唯恐丟失了自我的本真，卻常陷落在樹欲靜而風不止的境地裡。

我這才理解爺爺為什麼會用祥和的目光看著那些可憐的人。原來爺爺在十幾年前就早已看透了這個世界。

在那個雞湯香味充斥的空間裡，爺爺祥和的目光告訴我，這個堂屋裡還有一個生靈。這是一個可憐的生靈。

過了一會兒，三炷香都燒到了盡頭，只剩刷了紅漆的木棒發出暗紅的炭火。但是很快，暗紅的炭火也熄滅了。

就在這時，我突然看見爺爺的眼睛裡有一個拖遝著腳步的身影！那是一個女人的身影！我看見了她的側面，雖然是側面，但是可以看出這是一個漂亮的女人。長長的頭髮如烏雲一般垂到了腰際，而從烏雲裡露出的半張臉卻像明月一般吸引人。

爺爺的目光還是那麼祥和。

我驚訝地張大了嘴。眼看著那個美麗的女人走入爺爺的瞳孔，又走出爺爺的瞳孔。我不敢大聲呼吸，不敢告訴其他人，不敢打破爺爺祥和的表情。

「嗯，好了。」當那個身影走出爺爺的眼睛時，爺爺立刻緊閉了眼，發出了一聲輕嘆。

他是在嘆息這個可憐的女人，還是在嘆息他所說的這個婆娑世界？

文撒子聽到爺爺的話，立刻搶先一步端起那個大碗公，拿出一個鮮嫩的雞腿放進了嘴裡。

年輕婦女譏諷道：「我還以為你為什麼這麼熱情呢！原來是為了最後吃點雞肉啊！」

老太太弓著身子道：「哎呀，文撒子，你怎麼可以吃鬼用過的雞肉呢？快點放下，我把它倒掉。敬了菩薩的東西可以吃，但是敬了鬼的東西吃了不好啊！」

「倒掉？那多可惜啊！」文撒子說完，又開始喝湯，發出「吸溜吸溜」的聲音。

湯還沒喝兩口，文撒子突然嘴角一扯，露出難受的表情。接著，他一隻手捂住了腹部。喘著粗氣，彎下了身子。大碗公沒有拿穩，雞湯灑了些出來。

「怎麼了？」老太太連忙上去扶住文撒子，「你怎麼了？」

「哎喲哎喲，我的胃痛得厲害。哎喲，怎麼這麼疼呢！」文撒子咬緊了牙關，小心翼翼地將大碗公放回原處。「不行不行，我得馬上上茅廁，肚裡已經咕嚕咕嚕地叫了，好像裝了一肚子的水。哎喲哎喲，您老人家的茅廁裡有手紙吧？」

「有的，有的。你快去吧！」老太太朝屋後揮了揮手。

文撒子立即雙手捂住了肚子，像一隻馬上要生蛋的母雞一樣，飛快地朝屋後跑去。老太太隨後把大碗公端起，走到外面將雞湯倒了。

年輕婦女笑道：「說了不要他喝，他偏偏嘴饞。自作自受！」

爺爺看了看外面的天色，然後回頭對我說：「亮仔，今天已經太晚了。你就跟我到畫眉村去吧。明天再回家。」

年輕婦女在爺爺後面不好意思地說：「馬師傅，真對不起啊！拖延了您這麼長時間。本來以為給雞拜了乾哥就沒有事了的。沒想到還碰上了七姑娘這些麻煩事。真是對不起啊！」

爺爺笑笑：「沒事。給七姑娘置肇也是好事，怎麼能說麻煩呢？」

我跟爺爺正要出門，突然文撒子從屋後衝了出來。他用那雙瞄不準物件的眼睛看著我們的旁邊，大喊道：「馬師傅，馬師傅先別急著走！」

「怎麼了？」爺爺轉過身來，「你就住在這裡，當然不急了。我和我外孫還要趕夜路呢。」

文撒子給爺爺豎起一個大拇指，說：「馬師傅，我知道老太太為什麼駝背了！」他提了提鬆垮垮的褲子，滿臉的認真。

52

「你知道？你怎麼知道的？」年輕婦女撇了撇嘴，對文撒子還沒有繫好褲帶便跑出來有些不滿。我看了看外面的夜空，星光閃爍。天幕就像一塊被捅了無數個洞的黑布，從那些洞裡漏出的光是來自另一個世界的。

文撒子見我看夜空，便也抬起頭來看了看外面，說：「確實很晚了哦！馬師傅還要趕路呢！那我不說了，下次碰到馬師傅再說這事吧！」

年輕婦女不知道文撒子故意逗她，急急拉住文撒子的衣袖道：「你既然說知道了，就說出來讓我們聽聽呀！」

「那不就是了！」文撒子得意地笑了。

爺爺說：「文撒子，你不說我可真走了啊！」

這下是文撒子急了。他慌忙繫住了褲子，然後一邊擺弄衣角一邊說：「老人家她果然如你所說踩了拜石。我剛剛上廁所的時候，發現踩的石板不同尋常，樣子非常像一塊拜石。」

年輕婦女打斷文撒子的話，說道：「不可能，架在茅坑上的少說也有兩米多長，哪裡有這麼長的墓碑？你是不是聽了馬師傅的話後看哪塊石板都像墓碑了？」

文撒子有些急了：「真是的！我騙妳幹嘛？我蹲在石板上的時候也不相信。我也沒有看見過這麼長的拜石。可是如果妳仔細看的話，上面還有模糊的字呢！可能是年代好久了，上面的刻字磨損了許多。我猜想妳婆婆或者妳丈夫把這塊拜石搬到家來的時候就沒有注意到那些模糊的字跡。」

「上面還有字跡？」爺爺皺了皺眉，「有兩米多長？」

老太太在旁邊揮手道：「不可能的，一般的墓碑頂多半個人高，哪裡有兩米高的拜石？如果確實有兩米高的墓碑的話，那寬怎麼也得半米吧？可是我家茅廁裡的那塊石板才我的半個手臂寬呢！我見這樣的石板剛好架在茅坑上做踏板，就叫我兒子搬來了。」

文撒子急了，他朝老太太和年輕婦女擺了擺手，然後拉住爺爺的手說：「懶得跟妳們爭辯，我叫馬師傅去看看那塊石板就知道了。」

我們幾個人一起來到了茅廁，裡面的味道自然不好聞。

茅廁裡也暗得不得了。老太太家的茅廁沒有蓋青瓦，只是用厚厚的稻草在屋頂鋪了一層。茅廁的窗戶也簡單，一個粗糙的木框上釘了幾塊木板。月光就是從那個古樸得有些寒酸的窗戶裡照進來的。月光落在進茅廁的光滑小道上，而文撒子所說的石板隱藏在暗角。

剛進茅廁，我的眼睛還沒有適應黑暗，除了印在地上的四四方方的月光，其他什麼也看不見。

可是爺爺剛剛進門便輕輕說了一句話。那句話說得很輕，可是剛好讓大家都能聽到。他說：「這不是普通人家用的拜石，肯定是王侯將相的拜石。」

文撒子驚道：「什麼？王侯將相的拜石？難怪老太太的背駝成了這樣呢！」

而我雖然站在他們的旁邊，卻在這個味道古怪的小屋看不到他們談論的拜石。爺爺跟文撒子彷彿戲臺上的戲子，虛擬著某個道具唱著紅臉、白臉。

「哎喲，罪過罪過……」老太太連忙合掌對著我看不見的地方鞠躬。「我老了，頭暈眼花，請大人將軍不要怪罪！都怪我老了看不清了。」老太太連連鞠躬。她的兒媳婦扶著她說不出一句話來，只是用求助的眼神看著爺爺。

爺爺溫和地笑了笑，說：「沒有關係的。老太太做的善事多，積的福多，把拜石弄好就沒有什麼影響的。妳放心吧！」

年輕婦女點了點頭，臉色稍微好看了一點。

我的眼睛終於適應了這個小屋裡的黑暗。我終於看見了一個黑漆漆的坑上架著兩個灰色的石板，但是我分不清他們說的拜石是兩塊中的哪一個。難怪老太太把拜石搬進茅廁的時候沒有發現異常。

「幫忙拿一個燈盞過來。」爺爺說。

年輕婦女很快拿來了燈盞，並且在燈芯上蓋了燈罩。這樣從堂屋到這裡燈火不會被風吹滅。

在燈盞的照耀下，茅廁裡亮堂了許多。印在地上的那塊月光沒有就此消失，它仍舊在那裡，給人造成那裡有一塊透明塑膠紙的錯覺。

爺爺接過燈盞，在一塊略顯單薄的石板上查看。文撒子和其他人都摒住呼吸，等待爺爺的最終鑑定。燈盞的火焰照在爺爺的臉上，那張溝溝壑壑的臉露出了些許疲憊。我這才記起他嚴重反噬作用還沒有消去。加上今天晚上折騰了這麼久，爺爺肯定很累了。

爺爺終於將燈盞從石板上移開，一言不發地走出茅廁。我們不敢問爺爺，只是安靜地跟著他一起走回堂屋。

爺爺將燈盞放在一張桌子上，將燈罩取下。屋裡明亮了許多。爺爺又伸出兩根手指彈了彈燈芯上的燈花。燈花像螢火蟲一般飛到地面，然後熄滅了，燈火更亮了。

「那是古代將軍的墓碑。」爺爺咂巴咂巴嘴，牙痛似的說道。

「將軍的拜石？」文撒子瞇著眼睛問道，確認自己沒有聽錯。

「應該就是將軍坡埋的那個將軍的墓碑。」爺爺揉了揉眼皮，「我們這一帶沒有其他人家能用這樣的墓碑了。」

「就是容易碰到迷路神的那個將軍坡嗎？」文撒子問道。

「難道你還從其他地方聽說過將軍坡？」年輕婦女不耐煩地說。

「難怪呢！踩一般人的墓碑就不得了了，何況是將軍的墓碑。真是！」文撒子不反駁她的話，卻說起了她的婆婆。

「那怎麼辦，馬師傅？」年輕婦女問爺爺道。她的婆婆也急切地想知道答案，脖子伸長了看著爺爺。文撒子也點點頭。

「這個不難，妳明天叫人幫忙把拜石搬出來送回到原來的地方就可以了。人不踩它了，它也就不會壓著人了。」爺爺說。

「就這麼簡單？」文撒子問道。

「其實做人嘛，都是互換著來的。你踩著人家，人家有機會便也要踩著你。你不踩人家了，人家一塊石頭還不至於記仇。」爺爺說。

「所以呢，我們不要仗著強勢欺負別的對象，大到對人，小到對地上的一棵小草，包括世間的萬事萬物。萬物皆有靈啊！」湖南同學以一貫的口吻將他的離奇故事告一段落。

一同學隨口說道：「你說的是將軍的墓碑，其他普通石頭不一定有這樣的靈氣吧？」

湖南同學回道：「隨便一顆普通的砂石，你又怎麼能確定它不是從某個王侯將相的墓碑風化脫落的一部分呢？更何況你這種將石頭訂為不同等級的想法就是錯誤的。至於我為什麼這麼說，等我講到後面一個關於木匠的故事，你就知道了。」

國家圖書館出版品預行編目資料

見鬼了！是詭還是撞鬼？/ 童亮著.
——第一版——臺北市：宇河文化 出版；
紅螞蟻圖書發行，2014.8
面　公分——(每個午夜都住著一個鬼故事；4)

ISBN 978-957-659-972-9（平裝）

857.7　　　　1030104629

見鬼了！是詭還是撞鬼？

作　　者／童　亮
發 行 人／賴秀珍
總 編 輯／何南輝
執行編輯／安　燁
美術構成／張一心
校　　對／楊安妮、賴依蓮、童亮
出　　版／宇河文化出版有限公司
發　　行／紅螞蟻圖書有限公司
地　　址／台北市內湖區舊宗路二段121巷19號（紅螞蟻資訊大樓）
網　　站／www.e-redant.com
郵撥帳號／1604621-1　紅螞蟻圖書有限公司
電　　話／(02)2795-3656（代表號）
傳　　真／(02)2795-4100
登 記 證／局版北市業字第1446號
法律顧問／許晏賓律師
印 刷 廠／卡樂彩色製版印刷有限公司
出版日期／2014年 8 月　第一版第一刷

定價 169 元　港幣 57 元

ISBN 978-957-659-972-9　　Printed in Taiwan